AF237020

Präpositionen

Von Ute-Marion Wilkesmann

Präpositionen

Sechsundzwanzig Erzählungen

Von Ute-Marion Wilkesmann

Bibliografische Information der Deutschen Nationalbibliothek:
Die Deutsche Nationalbibliothek verzeichnet diese
Publikation in der Deutschen Nationalbibliografie;
detaillierte bibliografische Daten sind im Internet über
dnb.dnb.de abrufbar.

Herstellung und Verlag:
BoD – Books on Demand, Norderstedt

ISBN: 978-3-7534-9904-8

Inhaltsverzeichnis

Vorwort und Vornamen

Die Begriffe ‚Vorwörter' und ‚Vornamen' bestehen aus jeweils einer Präposition und einem Hauptwort, nämlich *vor* und *Wörter* bzw. *vor* und *Namen.* „Vor" ist die Präposition. Diesem System folgen die Erzählungen dieses Bandes: Der Name des Protagonisten muss mit demselben Buchstaben beginnen wie die dazugehörige Präposition. Und das bitte in alphabetischer Reihenfolge durch alle Buchstaben. Damit ist schon alles gesagt, was ein Leser vorher wissen muss.

Anstatt Anna

Anna war nicht sehr beliebt. Aber sie machte sich nichts daraus. Sie war die Klügste in der ganzen Klasse, hübsch obendrein. Vom dicken Taschengeld konnte sie sich alles leisten, was ihr Herz begehrte. Und wenn das neueste Smartphone teurer war, als ihr Gespartes hergab: ein kleines Vorschieben der Unterlippe, zittriges Stimmchen, große Augen – da gab es immer eine Tante, die ihr einen Fuffi zuschob, wenn nicht schon die Eltern weich wurden. Bei ihren Eltern bettelte sie zwar auch, akzeptierte aber sofort, wenn diese Nein sagten. Sie waren dabei immer ganz traurig, weil sie ihrer Anna jeden Wunsch erfüllen wollten. Aber Anna verstand, dass das Geld des Vaters aus Schichtarbeit und das Einkommen der Mutter von einem mühseligen Putzjob bei zwei ekligen alten Drachen kam. Sie war verwöhnt, und sie wusste es. Deshalb half sie im Gegensatz zu der Klischeevorstellung eines gehätschelten Mädchens gern zu Hause, sie erledigte ihre Hausaufgaben brav, bevor sie sich ihrem neuen coolen Schminkkoffer widmete.

Freundinnen hatte sie nicht, nicht eine einzige. Wozu auch? Sie schüttelte den Kopf. Sollte sie die Mädels zu sich einladen? Nicht, dass sie angeben würde und erzählen, dass sie in einer fürstlichen Luxusvilla lebten und in Saus und Braus den Alltag verbrächten. Sie erzählte gar nichts, sie folgte keinen Einladungen und musste daher auch niemanden in ihr ärmliches Zuhause einladen.

Bei Kindern und Jugendlichen ihres Alters galt sie als arrogant. Auch das steckte sie mit einem Schulterzucken weg. Ihr reichte das Wissen, dass sie es nicht war. Und trotz ihrer jungen Jahre konnte sie Stunden darüber nachsinnen, ob es Arroganz ist, wenn man sagt: „Ich weiß, dass ich nicht arrogant bin." Dann fragte sie sich, ob ihr neben allen anderen Talenten auch noch eine philosophische Begabung in die Wiege gelegt worden war.

Manchmal schleppte ihre Mutter sie mit zum Job. „Ich möchte nicht, mein Schatz, dass du so lange allein zu Hause bleibst." Die alten Damen setzten ihr viel zu süßen Kakao und Kekse vor, die garantiert schon ein halbes Jahr über das Haltbarkeitsdatum hinaus waren. Sie schmeckten nach muffigem Pappkarton. „Greif zu, meine Kleine, wir wissen doch, wie gerne du etwas Süßes isst." Ihr war schleierhaft, wie die beiden darauf kamen, denn sie aß selbst leckere Kekse oder saftigen Kuchen nicht so gern – schon allein wegen der Figur. Man konnte gar nicht früh genug anfangen, darauf zu achten, dass man nicht aus den Nähten platzt. Wie zum Beispiel die beiden Damen, deren Gesäße fast seitlich vom Stuhl herunterhingen, das Doppelkinn reichte in zwei Lagen vom Mund bis zum Kragen der Spitzenbluse. Sie knabberte höflich am dritten Keks und nahm einen weiteren Schluck vom lauen Kakao. Der war heute so süß, dass er ihr die Kehle fast zerriss. Derweil hievte sich die zweite Dame von ihrem Stuhl und schlurfte in die Küche, wo sie Annas Mutter die Leviten las. Wieder hatte diese den Zucker an die falsche Stelle gerückt, hinten in der Ecke war noch ein bisserl Schmutz, nein, so geht das gar nicht! „Wenn es nicht wegen ihrer reizenden Tochter wäre, die wir nicht in Armut groß werden lassen möchten, könnten wir sie nicht länger halten. Ihre Leistung ist nicht ausreichend. Bitte geben Sie sich doch mehr Mühe!" Anna wäre am liebsten aufgesprungen und hätte der alten Kuh vors Schienbein getreten. Aber das machte sie natürlich nicht. Dann wäre ihre Mutter auch diesen Job los, und es war schwer genug gewesen, ihn zu bekommen. Nicht zu weit von daheim, eine Stelle, zu der sie Anna mitnehmen konnte, was früher notwendiger gewesen war als heute.

Anna träumte davon, wie sie eines Tages als Meeresbiologin viel Geld verdienen würde. Die Lieblingsberufe wechselten etwa alle zwei Tage. Vorgestern war sie noch als Leiterin einer Hotelkette reich geworden. Egal wie, sie nahm einen Teil ihres erworbenen Gelds, kaufte das Haus, in dem die beiden alten Hexen wohnten, und setzte sie vor die Tür. Und wenn sie unten vor der Tür stünden und jammerten, würde sie sie mit steinharten alten Keksen bewerfen. Gelegentlich malte sie sich diese Szene auch gespickt mit Gewalt aus, heimliche Tagträume. Anschließend würde sie mit ihren Eltern in ein schickes Penthouse (was immer das sein mag) ziehen, mit einer Edelstahlküche, teurem Parkett und Mahagonischränken. Und die beiden müssten nie wieder arbeiten, weil sie, Anna, für ihre Eltern sorgen würde.

Endlich waren die drei Stunden vorbei, sie kehrten nach Hause zurück. Ihre Mutter jammerte zu Recht darüber, wie unfair die beiden Kanaillen doch sind, und strich Anna über das Haar. „Ach, mein Schatz, aber damit es dir gut geht, tue ich das doch gern!"

Es war gegen Monatsende und daher gab es als Abendessen Pellkartoffeln mit Schnittlauch und Quark, für mehr reichte die Kasse nicht. Anna sah keinen Grund, sich zu beschweren, denn sie aß liebend gern Pellkartoffeln, am liebsten nur mit Butter und Salz, aber Quark und Schnittlauch waren ebenfalls okay. Ihre Mutter pellte die Kartoffeln für alle, das war bequem.

Anna musste um acht Uhr zu Bett gehen, denn die Schultage waren anstrengend. Sie widersprach selten. Keiner kümmerte sich darum, dass sie im Schein einer Taschenlampe gelegentlich bis weit nach Mitternacht schönste Geschichten las. Solange ihre Schulleistungen nicht darunter litten, würde keiner etwas merken. Anna dachte altklug: „Die beiden brauchen auch Zeit für sich." Sie gähnte, schaute auf die Uhr. Dreiundzwanzig Uhr vierundzwanzig. Wirklich, heute sollte sie einmal früher einschlafen. Dann fiel ihr auf, dass sie noch Durst hatte. Sie lauschte, normalerweise waren ihre Eltern um diese Zeit schon im Bett und schliefen tief. So auch heute, kein Ton war zu hören. Anna schlich in die Küche und goss sich aus dem Krug auf dem Küchentisch Wasser in ein Glas. Sie hob das Glas zum Mund und hörte ein Geräusch aus dem Wohnzimmer. Hmmm, sich jetzt bemerkbar zu machen, wäre blöde, fand sie. Es klang, als würde ihre Mutter weinen. Obwohl Anna zu ihren positiven Eigenschaften zählte, dass sie nicht neugierig war, konnte sie diesmal nicht anders, als zuzuhören.

Sie stellte sich vor, wie ihr Vater liebevoll die Mutter an die Schulter drückte und ihr zärtlich über den Rücken strich, etwas Tröstliches in ihr Haar murmelte. So hatte sie das oft genug gelesen. Sie hörte ihre Mutter leise schluchzen, „Ach, unsere Anna ... sie ist sicher ein nettes Mädel, aber ich kann es nicht vergessen. Ich wünschte, anstatt Anna hätte damals unser kleiner Bub den Unfall überlebt."

Anna starrte das Glas in ihrer Hand an und wusste nicht, warum sie es sich geholt hatte. Um sie herum war es dunkel und leer. Sie stellte das Glas leise auf den Küchentisch und schlich zurück in ihr Zimmer. Sie hatte das Gefühl, durch ein Portal in eine andere Welt gegangen zu sein. Ihre Augen waren riesig in der Dunkelheit, hätte man sie sehen können. Sie starrte die Tapete an und dachte in einer wiederkehrenden Schleife: „Morgen werde ich Mama bitten, dass ich anstatt dieser Kindertapete gern eine mit Spinnenmuster hätte."

Bei Bernd

Er sah sich in seinem kleinen Apartment um. Okay, achtundzwanzig Quadratmeter sind nicht viel, aber er hatte es gemütlich eingerichtet. Die Bettcouch ließ sich tagsüber zusammenschieben. Er machte das geflissentlich jeden Morgen, weil es ihm wichtig war, dass er nach der Arbeit in ein ordentliches Heim zurückkam. Die wenigen Quadratmeter waren immer sauber und aufgeräumt. Nicht auf eine kranke, unnatürliche Weise, sondern so, dass jeder ausrief: „Boh, Bernd, du hast es aber wirklich schön hier!" Jeden Morgen, so hatte er sich das eingeteilt, widmete er Reinigung und Aufräumen ein wenig Zeit. Etwa eine Viertelstunde pro Tag, das reicht völlig aus, um so eine kleine Wohnung in Schuss zu halten. Wobei es erwiesenermaßen aufwändiger ist, achtundzwanzig eng bewohnte Quadratmeter in Ordnung zu halten als zweihundert mit derselben Mobiliarbestückung.

Wenn seine Freunde zu Besuch kamen, räumte er vorher nochmals kurz auf. Der Schreibtisch war dann leer bis auf Laptop, Maus und einen kleinen Ablagestapel. Stolz war er auch darauf, dass es in seinen Schränken immer ordentlich war. Für Besuch alles hinter die Schranktüren zu quetschen, nein, das kam nicht in Frage. Eher doch die Sportschuhe da stehen lassen, wo sie waren. Das ist normal.

Bernd war ein Freund von Qualität statt Quantität. Nicht, dass er nur die teuersten Dinge kaufte, das konnte er sich gar nicht leisten. Aber wenn eine wichtige Anschaffung anstand, wartete er lieber drei Monate und kaufte „etwas Vernünftiges", wie er sagte, statt billigen Schund.

Er holte die flache Glasschale aus dem Hängeschrank in der sogenannten Junggesellenküche, nahm eine Tüte Plätzchenmischung aus dem Vorratsschrank. Diese Plätzchenmischung liebte er – vor allem die Waffelröllchen mit den in Vollmilchschokolade getauchten Enden. Nur in der Olala-Mischung seines Lieblingssupermarkts gab es die Mischung mit der Vollmilchschokolade. Alle anderen Hersteller tauchten die Waffelröllchen in dunkle Schokolade. Er schnitt die Tüte auf und ließ die Kekse sorgfältig in die Glasschale rutschen. Und stibitzte sich gleich zwei der Waffelröllchen, die nach oben herausguckten. Dann stellte er die Schale auf den Schreibtisch, sonst gab es keine Abstellmöglichkeit. Ein weiterer Tisch in seinem Zimmer hätte ihm alles zu eng werden lassen. Er hatte damals die Wahl gehabt zwischen einer Wohnung, fünfunddreißig Quadratmeter, mit Sitzbad, kleiner Küche, winzigem Flur und einem mittelgroßen Wohnzimmer und dieser Wohnung, insgesamt kleiner, aber großzügiger. Er kochte selten, daher reichte ihm die Schrankküche völlig aus. An der einen Seite stand die Bettcouch, vor dem Fenster der große Schreibtisch mit gemütlichem Arbeitssessel. In einer Nische, die mit einem Vorhang geschlossen war, standen zwei Klappstühle. So konnte er problemlos vier oder fünf Freunde zu sich einladen. Auf dem hellen Laminatboden lag ein schmaler Läufer vor der Bettcouch. Gardinen brauchte er nicht, denn zum Schutz vor zu intensiver Sonnenstrahlung hatte er eine Jalousie mit schmalen Lamellen auf den Fensterrahmen montiert. Er mochte es hell. Die Wände waren dementsprechend in einem warmen Cremeweiß gestrichen. Bisher hatte sich jeder bei ihm wohlgefühlt.

Er nahm vier Becher aus dem Hängeschrank und stellte sie neben seine Tasse auf den Schreibtisch, dazu vier Glasuntersetzer. So ein bisschen Vorsicht schadet nicht, war seine Devise. Er bereitete auch den Kaffee schon vor, indem er die Maschine mit Filter, Kaffeepulver und Wasser bestückte. Er hielt nichts von diesen Maschinen, die gerade hip waren, mit ihren Wunderpads. Reine Verschwendung – und überhaupt nicht individuell dosierbar. Neben die Becher platzierte er eine buntgemusterte Zuckerdose, ein Mitbringsel von einer Spanienreise, und ein Kännchen mit Sahne – echter Sahne, nicht diesem billigen Kaffeesahnezeugs. Schon bei dem Gedanken daran verzog er missmutig das Gesicht.

Auch beim Essen hielt er es mit der Qualität. Die Jagd nach dem billigsten Stück Butter war ihm fremd. Das war ihm von zu Hause in unangenehmer Erinnerung. Dabei hätten es seine Eltern gar nicht nötig gehabt. Okay, sie waren nicht reich. Aber immer nur das Billigste kaufen, musste doch nicht sein. Bernd hatte einen starken Widerwillen gegen Sparen um des Sparens willen. Seine Mutter lief wahrhaftig einen halben Kilometer zu Fuß, um die Brötchen bei Bäcker Friedegard pro Stück zwei Cent billiger zu erstehen als bei dem Bäcker um die Ecke. Ganz zu schweigen von den Discounter-Brötchen. Nein, nein, Essen muss Qualität haben.

Bernd war ein Freund guten und reichlichen Essens. Aber er hatte Glück – obwohl er nicht besonders groß war, gehörte er zu diesen drahtigen Typen, die auf geheimnisvolle Weise kein Fett ansetzen. Er war nicht hager, schlicht und ergreifend „normal". Er grinste, ja, „normal", das beschrieb ihn treffend. Obwohl das nicht ganz stimmte, denn dieser Hang zur Qualität zum angemessenen Preis gilt leider heutzutage gar nicht mehr als „normal". Er wusste, dass er mit zunehmendem Alter auf seine Figur würde achten müssen, wenn er nicht wie seine Eltern ständig der Herzverfettungsgefahr ausgesetzt sein wollte. Nun ja, zwei Waffelröllchen würden da sicher nicht die allergrößte Gefahr sein.

Seine Freunde, seine Kollegen, sie alle besuchten ihn gern. Es war immer nett, immer lustig, bei ihm war es überaus gemütlich.

„Komm doch heute mit", sagte Susanne zu ihrer Freundin. „Bei Bernd ist es so gemütlich, man mag fast nicht mehr weggehen. Bei Bernd fühlt man sich wohl." Okay, warum nicht? Aber einfach so mitkommen?

„Bernd ist echt ein cooler Typ, der freut sich, wenn wir jemanden mitbringen, den er nicht kennt. Er ist so interessiert an allem!". Also abgemacht, und so standen Susanne und Anna jetzt vor Bernds Wohnungstür. Anna hielt die kleine Überraschung in der Hand, während Susanne mit Inbrunst auf die Klingel drückte. Anna dachte: „Ob ich mich bei Bernd auch gleich so wohlfühle?"

Contra Clemens

Daniela hatte ein Spiel mitgebracht „Alle contra mich", so etwas Ähnliches wie Trivial Pursuit, nur dass einer gegen die ganze Gruppe antrat und es noch ein paar weitere Finessen gab. Es war von Copyright-Verletzungen die Rede, die öffentliche Diskussion war noch nicht beendet. Anna spielte nicht so gern, Susanne war verrückt nach Spielen. Bernd als Gastgeber hatte sein Pokerface aufgesetzt, als die Frage kam „Sollen wir das nicht mal spielen?"

„Wenn Ihr wollt ... wir können abstimmen, bei fünf Stimmen wird das Ergebnis eindeutig."

Anna lächelte: „Nicht, wenn sich einer enthält." Genau das, was Bernd zu tun gedachte!

„Nein, nein, enthalten gilt nicht!", rief Susanne, die sich bereits in die Bedienungsanleitung vertieft hatte. Anna hielt einen Becher mit dampfendem Kaffee in der Hand, sie mochte den Geruch. Sie gab zwei Teelöffel Zucker hinein und, während sie das dunkle Gebräu sorgfältig umrührte, liebkosten ihre Augen die Plätzchenschale. Heidesand schwarz-weiß gestreift, wie lecker. Und da ... Waffelröllchen mit hellen Enden! Gut erzogen wartete sie darauf, dass der Gastgeber die Schale herumreichte und alle aufforderte, zuzugreifen. Was er kurz darauf mit einer Handbewegung tat: „Greift doch zu!". Anna setzte ihren Kaffeebecher vorsichtig neben das Bettsofa und nahm sich sofort die beiden sichtbaren Waffelröllchen: Geschickt fischte sie sie aus der Menge aller Kekse, die diese Köstlichkeiten fast verdeckten. Sie hielt die Röllchen in der einen Hand, wobei sie die kleinen Gebäckstücke so zwischen Daumen und Zeigefinger legte, dass die Schokoladenenden nicht verletzt

wurden. Sie hob den Becher wieder an. Wenn sie ein Röllchen genussvoll in den Mund steckte und langsam zwischen Gaumen und Zunge zerdrückte, legte sie Wert darauf,
den Schokoladengeschmack zu erhaschen. Ah, wie lecker!
Während die anderen über Abstimmung und Spiel diskutierten, scannten ihre Augen erneut die halbvolle Schale,
das zweite Waffelröllchen hielt sie fest in der Hand. Als
Anna aufsah, schaute sie genau in Bernds Augen. Diesen
Blick konnte sie nicht deuten. Kein Lächeln war in seinen
Augen, als er die Mundwinkel nach oben zog und sie
fragte: „Schmecken dir die Plätzchen?" Anna schluckte den
Rest des ersten Röllchens langsam hinunter. „Ja, danke. Vor
allem ...", sie stockte, als sie sah wie sich Bernds Augen zu
Schlitzen verengten, „ja, vor allem der Heidesand". Bernd
starrte auf das Waffelröllchen in ihrer Hand. „Ah ja". Ein
merkwürdiger Gastgeber, dachte Anna.

Nun kam es zur Abstimmung. Anna spielte nicht so gern
Gesellschaftsspiele, war aber vom Treffen der Blicke über
der Keksschale so verwirrt, dass sie auf die Frage: „Wer
will mitspielen?", die Hand hob.

Eine Enthaltung (Bernd), eine Gegenstimme (Clemens)
und drei waren dafür: Anna, Susanne und Daniela. Susanne
pickte sich drei Schokolinsen aus der kleinen Schale neben
den Plätzchen, zwei in Rosa, eine in Weiß. Diese schon den
Großeltern bekannten Süßigkeiten waren ihr Gastgeschenk
gewesen. Daniela rief: „Prima, Clemens, du bist es selbst
schuld, aber jetzt gilt: Alle contra Clemens."

Während Susanne die Karten verteilte und Daniela nochmals die Regeln für alle erklärte, nahm das zweite Waffelröllchen in Annas Hand den Weg, der ihm vorbestimmt

war. Anna fühlte sich nicht wohl, die freundliche Ausstrahlung des Apartments spiegelte sich in Bernds Person nicht wider. Warum um Himmels willen gönnte er ihr die Waffelröllchen nicht? Dann hätte er sie eben früher herausnehmen müssen, wenn er sie selbst essen wollte. Meine Güte, er war doch erwachsen, kann man sich da so haben wegen ein bisschen Gebäck?

Clemens übernahm die Rolle im Spiel mit Bravour. Auch wenn er die Regeln ungeheuer kompliziert fand, kam er schnell damit zurecht. Daniela, die das Spiel gut kannte, war wohl die Einzige, die die Regeln beherrschte, und regte sich ein paar Mal auf, weil es zu Regelverstößen kam. Mit kleinen roten Flecken am Hals klopfte sie auf die Bedienungsanleitung: „Hier steht es aber anders, Clemens, als du es jetzt machst!"

Clemens nahm selten etwas ernst, keine richtigen Regeln und schon gar keine Spielregeln. In der Grundschule war er unschlagbar im Kartenspiel „Mogeln" gewesen. Kein Wunder daher, dass er nach seinen Maßstäben die erste Runde sehr schnell gewonnen hatte. Daniela saß mit langem Gesicht auf dem Sofa: „Wenn ich so spielen würde, gewänne ich auch jedes Spiel!"

Clemens lachte nur leise und begann die zweite Runde. Eine komische kleine Gesellschaft, die hier zusammengekommen war. Bernd kannte er schon lange, er mochte ihn. Er war so erfrischend normal, immer gastfreundlich, ein guter Zuhörer. Sie hatten oft Spaß miteinander. Clemens warf Bernd einen Blick zu, sein Freund kam ihm heute merkwürdig verbissen vor. So kannte er ihn gar nicht. Clemens und Susanne waren häufig Nachbarn in der Bahn, auf dem Weg zur Arbeit. Daniela war eine alte Bekannte von Bernd, die er aber noch nie zuvor gesehen hatte, aber aus einigen Anekdoten kannte. Anna war ein unbeschriebenes Blatt für ihn. Eine hübsche junge Frau, mit einem offenen Lächeln. Bernd und Anna jeweils für sich genommen, hinterließen einen netten und sympathischen Eindruck, dennoch war die Atmosphäre im Raum gespannt.

Jetzt griffen Bernd und Anna gleichzeitig zum gerade freigelegten Waffelröllchen. Die Hände gefroren über der Keksschale, der Blickaustausch zwischen den beiden war geladen. Clemens war geübt darin, eine miese, traurige oder gespannte Atmosphäre zu entspannen, das hielt er für eines seiner großen Talente. Mittlerweile waren alle in Stimmung contra Clemens. Es gefiel ihnen nicht, wie er die Regeln ständig brach und dann lauthals lachend behauptete, jetzt sei er aber auch Gewinner von Runde zwei.

Ihn machten so Spannungen nervös. Meine Güte, was war denn los heute? Die Chemie stimmte rein gar nicht. Alle contra Clemens, auch in echt. Und so lenkte er die Aufmerksamkeit von sich, er war doch witzig, oder? Er lachte in die Runde: „Susanne, vielleicht solltest du beim nächsten Mal anstatt Anna ein großes Waffelröllchen mitbringen?"

Dank Doris

Boris rührte mit seinem Löffel durch den Eissee. Ihm gefiel es, wenn das Eis auf seinem Teller zu einem Mini-See zerfloss, den er dann Löffel für Löffel wegschleckte, bis wieder ein Eisberg übrigblieb, der nur ein wenig kleiner war. Schicht um Schicht ließ er ihn zerfließen, um dann die süße klebrige Flüssigkeit genüsslich vom Löffel zu saugen.

Wie sonst auch sollte man ein Fürst Pückler-Eis so essen, dass es schmeckt? Ihre Gastgeberin strich Boris übers Haar, „Wirklich, man könnte meinen, du bist David, du siehst ihm so ähnlich!" Boris atmete erleichtert auf, es gab auch Besuche, an denen sie ihn mit den Worten „Oh, David, wie schön dich wiederzusehen" an den flachen Busen quetschte.

Er hatte lange einen richtigen Widerwillen gegen diese Besuche gehabt, dies aber seiner Mutter zuliebe nicht gesagt. Mittlerweile war er in seinen eigenen Augen fast erwachsen und konnte mit der Situation umgehen. Es war so eine Art Fasching mit Verkleidung und ein bisschen Theaterspielen.

Seine Mutter, die er über alles liebte, saß häufig abends an seinem Bett, strich ihm über den Kopf – was er in diesem Fall durchaus angenehm fand – und seufzte. „Ach, Boris, schau dich um in unserer hübschen Wohnung, wo es uns so gut geht. Und das alles dank Doris!"

Obwohl sie seine Patentante und Vaters älteste Schwester war, sagten sie immer Doris, niemals Tante Doris. Unsere großzügige Patentante, „Doris".

Okay, es war gelegentlich ein bisschen creepy. Aber mittlerweile steckte er das locker weg. Wenn der Besuchssamstag kam, sagte er seinen Freunden ab. Er zog die halblange Hose mit den Hosenträgern, das karierte Hemd mit Kragen, die Kniestrümpfe und die Schnürschuhe an. Immerhin hatte er durchsetzen können, dass es Schnürsportschuhe waren und wenn ihn draußen jemand sah, fiel seine etwas altbackene Kleidung unter dem Parker im Winter gar nicht auf. Und ihm Sommer trug er Shorts, das kann jeder, das fällt schon gar nicht auf.

Manchmal träumte er davon, dass sie seine beiden kleinen Schwestern doch wieder mitnehmen könnten. Die Zwillinge kicherten immer vor sich hin, er konnte prima mit ihnen spielen, mit ihrer nahezu unstillbaren Heiterkeit brachten sie Sonne und Frohsinn in sein Leben. Aber der eine Versuch, die beiden auf sein Drängen hin mit zu Doris zu nehmen, war kläglich gescheitert. Doris, die sonst immer die Güte in Person war, das rosige faltige Gesicht stets zu einem Lächeln bereit, war äußerst übellaunig. Sie saßen um den Tisch, Sarah und Stephanie patschten mit den Löffeln ins Eis und lachten sich halb tot über etwas, was außer ihnen niemand verstand. Doris' Mund wurde zu einem schmalen Schlitz, selbst Boris warf sie einen üblen Blick zu und raunzte ihn an, er solle gefälligst gerade sitzen – während er sonst nichts tun konnte, was ihr falsch vorkam: Selbst als er einmal die ganze Kanne Kakao umgestoßen hatte, war sie nicht böse, sondern holte schnell einen Lappen und tröstete ihn sogar.

Der Besuch mit den Schwestern endete in einem Fiasko. Doris strahlte so viel Ablehnung aus, dass die Zwillinge schließlich anfingen, lauthals zu weinen, was Doris mit hektischen Flecken auf Hals und Gesicht quittierte. Dann kam ein echtes Missgeschick. Sie stießen die Kanne mit Kaffeesahne um. Die Sahne suchte sich einen Weg über die Wachstuchdecke bis zur Tischkante. Von dort aus fand sie in immer schneller fallenden Tropfen den Weg auf den Perserteppich. Da verlor Doris vollends die Fassung und brüllte die Zwillinge an: „Ihr Ferkel, schaut, was Ihr hier gemacht habt!" Dabei packte sie die beiden sehr, sehr fest am Handgelenk. Sie zischte seiner Mutter zu: „Ich glaube, ich muss mich jetzt hinlegen und es ist besser, Ihr geht!" Als sie an der Tür standen, die Zwillinge mit klebrig-dreckigen Eisfingern weinend am Mantel ihrer Mutter hingen („Den Mantel muss ich unweigerlich in die Reinigung geben…"), wurde Doris wieder etwas freundlicher. Sie strich Boris über den Kopf: „Ich würde mich wirklich freuen, David, dich und deine Mutter bald einmal wiederzusehen."

Nachdenklich begleitete Boris seine Mutter und seine Schwestern nach Hause. Abends, als seine Mutter kam, um ihm gute Nacht zu sagen, richtete er sich auf. „Mama, ich will da nicht mehr hin! Wie kann man so hässlich zu Sarah und Stephanie sein, die haben doch nichts Böses getan, das war doch keine Absicht! Und es ist so unfair: Als ich den Kakao umgeworfen habe, sah alles viel schlimmer aus und da hat sie gar nicht geschimpft." Seine Mutter sah ihn traurig an. „Ich weiß, Boris, aber schau – ohne Doris müssten wir wieder in so eine schrecklich beengte Wohnung ziehen, ich müsste wieder zwei Jobs annehmen und hätte überhaupt keine Zeit für euch." Es stimmte, seit Doris sich zwei Jahre nach dem Tod seines Vaters begonnen hatte, um sie zu kümmern, war vieles besser geworden. Keine Zwei-Zimmer-Wohnung mehr, die Zwillinge und er hatten jeweils ein Zimmer für sich. Seine Mutter sah viel glücklicher aus, weil sie nur noch halbtags in einem Getränkeladen arbeitete und nicht nach einem Ganztagsjob in einem Supermarkt zusätzlich abends vier Putzstellen übernahm.

Es wäre wirklich undankbar, das sah er ein, Doris da nicht ein wenig entgegenzukommen. So schlecht schmeckte das Streifeneis gar nicht, und auch die Schokoküsse, die

Doris hartnäckig „Negerküsse" nannte, waren lecker. Er hatte sich an diese Art der Besuche gewöhnt, sie drückte ihm zum Schluss auch immer einen Schein in die Hand. Er teilte das Geld zu Hause mit seinen Schwestern, was anderes wäre ihm gar nicht in den Sinn gekommen. Sie konnten sich so freuen! Da er fünf Jahre älter war als sie, kam er sich im Vergleich total erwachsen vor. Seine Mutter betonte doch auch immer, was er für eine große Hilfe im Umgang mit den Kleinen war. Manchmal nannte sie ihn „Mein Großer!", und dann war er stolz.

Er zog mit seinem Löffel Schlangenlinien durch das Eis und dachte an das Fußballspiel nächste Woche. Sein Team wollte unbedingt die Schulmeisterschaft gewinnen. Wie üblich hing er seinen Tagträumen nach und, nur wenn sein Name (oder der Name „David") fiel, blickte er auf und lächelte bejahend. Oder er hatte die letzte Frage noch mitbekommen und antwortete passend: „Ja, ich würde gerne Pilot". Dann glühte Doris vor Stolz und sagte zu seiner Mutter „Er kommt so ganz nach seinem Vater!". Seine Mutter nickte, obwohl Boris genauso gut wusste wie sie, dass sein Vater allenfalls als Straßenbahnpilot hätte bezeichnet werden können.

Er löffelte sich jetzt eine Schlucht in den verbliebenen Eisberg. Er hörte daher nur mit einem halben Ohr, wie seine Mutter auf eine ihm verborgen gebliebene Frage antwortet: „Ja, ich denke schon, dass der Junge mal gerne ein Wochenende bei dir bleiben möchte!" Er schaute verdutzt auf, wie bitte? Seine Mutter warf ihm einen beschwichtigenden Blick zu. Vielleicht ein ganzes Wochenende David heißen? Hmmm. Seine Freunde nicht sehen, das Kichern der Zwillinge nicht aus dem Nachbarzimmer hören, wenn er aufwachte? Mit steigendem Unwohlsein hörte er Doris' Worte: „Der kleine Schatz kann doch gleich hierbleiben, ich habe alles hier für ihn, was ein Junge so braucht." Seine Mutter warf ihm einen beschwörenden Blick zu. Er mochte ihr keinen Wunsch abschlagen und hoffte nur, sie würde das „NEIN, bitte nicht!" aus seinem Blick lesen. Aber sie spielte die Blickanalphabetin.

Und so gingen sie zur Tür, seine Mutter drückte ihn an sich und flüsterte „Sei ein guter Junge, Boris, es wird bestimmt nett und du weißt doch – dank Doris geht es uns so gut." Und damit drehte sie sich um und ging, winkte noch einmal. Er stand wie erstarrt an der Haustür. Da legte sich eine knochige Hand fest und drückend auf seine Schulter. „Komm, mein kleiner David, ich zeige dir dein Zimmer!" Wenn sie wenigstens nicht David gesagt hätte!

Sie schob ihn zur Treppe, hinauf in den ersten Stock, wo sie sonst nie hinkamen. Sie gingen über einen abgeschabten Flauschteppich undefinierbarer Farbe. Aus ihrem eisernen Griff gab es kein Entkommen. Er traute sich nicht, sie anzusehen, weil er sicher war, dass sie sich in einen Vampir verwandelt hatte. Dann öffnete sie eine Tür, auf die ein paar unbeholfene Kinderzeichnungen geklebt waren. „Hier, David, da kannst du warten, bis ich dich rufe."

Mit diesen Worten verließ sie das Zimmer und mit Entsetzen hörte er, wie sie den Schlüssel im Schloss drehte. Er lief zum Fenster, es ließ sich nicht öffnen und war mit einem dicken Metallgitter versehen. Ihm wurde übel. Er rüttelte an der Tür, er rief mit Tränen in den Augen: „Doris, Doris, bitte komm!"

Eine gefühlte Ewigkeit später hörte er ihre Schritte die Treppe hochkommen. Sie steckte den Schlüssel ins Schloss, „ich komme doch schon, mein kleiner Engel ... nicht weinen, David, ich hole dich jetzt ab."

Seine Mutter brachte die Mädchen ins Bett, die Boris total vermissten, weil er ihnen abends immer vorlas und Geschichten erzählte. Er kannte die spannendsten Geschichten der Welt, niemand im Kindergarten hatte so einen tollen Bruder wie sie. Ihre Mutter erklärte ihnen, dass Boris übers Wochenende bei seiner Patentante blieb. „Es geht uns doch so gut, alles dank Doris."

Einschließlich Elke

„Alle sollen bei der Weihnachtsfeier dabei sein, alle!"

„Aber Frau Schmittgens, Sie wissen doch ... Elke dürfen Sie auf keinen Fall unterschätzen."

„Ich unterschätze Elke keineswegs, oh, nein – aber auch sie hat Rechte, Rechte auf ein Leben mit Beteiligung an kleinen gesellschaftlichen Veranstaltungen. Wir können, nein: Wir dürfen sie nicht von allem fernhalten."

Frau Obermeier warf ihrer jungen Kollegin einen prüfenden Blick zu. Sie fand sie sympathisch, weil Kollegin Schmittgens voller Enthusiasmus und sehr kompetent war und im Grund die richtige Einstellung hatte. Sie aßen häufig zusammen in die Kantine, konnten sich über viele Themen lange unterhalten und über dieselben Dinge lachen. Sie sollte ihr bald einmal das Du anbieten.

„Wussten Sie übrigens, dass sich Elke mit Doris angefreundet hat?" Frau Obermeier war überrascht, weil sie nicht gedacht hatte, dass Elke sich überhaupt mit einer Frau anfreunden würde, da sie allen Ärzten und männlichen

Pflegekräften, na, nicht gerade nachstieg, aber schon stärker an ihnen interessiert war. Sie erinnerte sich noch an das erste Mal, als sie Elke gesehen hatte. Sie wurde vom Gerichtssaal in Begleitung zweier kräftiger Polizistinnen direkt zu ihr und ihrem Institut gebracht. Frau Obermeier sprach lieber von „meinem Institut" als von „meiner Klinik". Sie handhabe einiges anders und war in vielen Fällen erfolgreich mit ihren Methoden. Respekt, Freundlichkeit, dennoch eine feste Hand mit viel Verständnis half in den meisten Fällen, zugegebenermaßen seltener in den extremen Fällen. Auch im geschlossenen Trakt ging es anders zu als in den sogenannten Kliniken. Sie hatte sich auf die Aufnahme von Frauen spezialisiert, weil sie glaubte, dass zusätzliche männliche Insassen nur in Zickenkrieg und Ähnlichem resultierten, egal, wie alt oder jung ihre Klientel war.

Gleich bei Einweisung führte sie ein Erstgespräch mit den Neuen, nahm sich für jede eine Stunde Zeit. Einer der ersten Hinweise war stets, dass sich – bis auf das Management und das Ärzteteam – alle mit Vornamen ansprachen, aber siezten. Das ist vertrauter Respekt, erläuterte sie dann. Ihr Institut war ein teures Experiment, denn die Zahl der Mitarbeiter lag deutlich über dem Durchschnitt. Experiment heißt auch, dass genau berichtet werden musste. Jedes Monatsende saß Frau Obermeier am Laptop, notierte Zahlen in Tabellen und wandelte sie in PowerPoint-Folien um, fügte diese in den Bericht ein, erläuterte die Abbildungen in Textform, wobei sie ungeschönt auf negative Entwicklungen hinwies und verständlicherweise Erfolge hervorhob. Sie bemühte sich redlich um Objektivität.

Sie hatte hart für diesen Erfolg gekämpft und sie wusste, dass sie sich keinen Patzer erlauben durfte. Eine Patientin, die vom Freigang nicht zurückkam, eine kleine Revolte, ein Drogenfund, ein Ausbruchversuch – der Vorstand der Gesellschaft, die hinter ihrem Projekt stand, würde sofort den Geldhahn zudrehen und sie ohne zu zögern aus dem Job hebeln. Dies war ein ungeheurer Druck, aber sie verstand es, dies in eine entfernte Ecke des Gehirns zu schieben, sonst könnte sie ihre Arbeit gar nicht richtigmachen. Dass man ihr so schwere Fälle wie Elke oder Doris zugewiesen hatte, betrachtete sie als Kompliment und Zeichen von Vertrauen. Sie wusste nicht, dass genau das Gegenteil der Fall war und diejenigen im Vorstand, die sie gerne ruiniert sehen wollten, ihr die schwersten Fälle hatten zukommen lassen, natürlich unter dem Deckmantel des Vertrauens.

Dass Elke und Doris jetzt bei den Mahlzeiten kleine Gespräche führten, freute sie, denn beide waren sozial schwierig. Auch wegen des Altersunterschieds war es erstaunlich. Nun, mit der Weihnachtsfeier war es nicht so einfach. Bei den Mahlzeiten durften in der geschlossenen Abteilung gelegentlich mehrere Frauen gleichzeitig essen, es war genug Personal dabei, falls es doch zu einem Zwischenfall käme. Aber so eine Weihnachtsfeier, dunkle Räume, brennende Kerzen, viele Menschen auf engem Raum, sie war sich nicht sicher.

Anders Frau Schmittgens. Sie hatte stundenlange Gespräche mit Elke geführt. Elke sprach gerne und offen über sich und ihre Vergangenheit. Doris war eher verschlossen, aber immer freundlich. An sie kam die Therapeutin nicht so richtig heran. Elke war da ein anderer Fall, bei ihr sah sie deutliche Fortschritte. Elke entwickelte Selbstkritik. Während sie anfangs niemals eingestanden hätte, dass sie vielleicht falsche Dinge getan hatte und all ihre ungeheuerlichen Taten rational begründete, fand Schmittgens, dass sich das mittlerweile geändert hatte. So hatte Elke noch in der letzten Einzelsitzung gesagt, dass sie doch an Johnny gehangen habe und dass sie teilweise gar nicht mehr wisse, wieso sie diesem Mann, der ihr so viel bedeutete, letztendlich den Tod gebracht hatte. Ist das nicht eine erste Einsicht? Auch wenn sie über andere Themen sprachen, starrte Elke nicht mehr unbewegt auf ein Bild an der gegenüberliegenden Wand und zuckte nur mit den Achseln. Sie fing an zu erklären, warum sie Blut sehen wollte und musste. Das hatte alles etwas mit ihrer Kindheit zu tun, einem brutalen Vater, einer heimlich trinkenden Mutter und einem Bruder, der sie jahrelang missbraucht hatte. Und sie hatte so lange ihre unheimlichen Triebe in Schach gehalten! Elke hatte plastisch geschildert, wie sie versucht hatte, Fuß im normalen Leben zu fassen, ein normales Leben zu führen. Bis eben diese Sache mit Manfred passiert war, da hatten sich Schleusen geöffnet. Elke kippelte mit dem Stuhl vorwärts und rückwärts, wenn sie von dem Blutbad bei dieser Familie erzählte. Sie berichtet stockend, dass sie die Faszination nur noch teilweise verstehen könnte, teils schauderte vor ihr selbst. Ein beachtlicher Erfolg!

Zwar würde Elke niemals wieder das Institut verlassen dürfen, das war gerichtlich festgelegt, aber vielleicht ließe sich die eine oder andere Maßnahme lockern? Sie wurde auch immer hilfsbereiter, nahm an Bastelkursen, Singstunden und Ähnlichem teil. Neulich hatte sie sogar gefragt, ob sie nicht einen höheren Schulabschluss machen könne. Erstaunlich diese Elke. Frau Schmittgens zog die Augenbrauen entschlossen zusammen, ja, die Weihnachtsfeier sollte mit allen stattfinden, allen, einschließlich Elke. Sie würde ihr das bei der nächsten Sitzung mitteilen und war sich sicher, dass Elke sich darüber freuen würde. Sie hatte sich bis jetzt nach jeder Lockerung der Auflagen, und sei sie noch so klein, richtig gefreut und bei ihr bedankt.

Elke lag auf ihrem Bett und dachte nach. Bisher war alles glatt gelaufen. Sie hätte sich gerne bei den unbekannten Gönnern bedankt, die dafür gesorgt hatten, dass sie einer so modernen Einrichtung zugewiesen wurde. Alles sauber und adrett, einige kleine Freiheiten, mit denen sie gar nicht gerechnet hatte. Besondere Aufmerksamkeit widmete sie ihrem Kosmetikköfferchen, das sie sich zum vorletzten Geburtstag gewünscht hatte, ja, auch so etwas war hier möglich. Gutes Aussehen war ihr nach wie vor wichtig. Ein Spiegel im Zimmer wurde ihr zwar abgeschlagen (man könnte möglicherweise eine Waffe daraus herstellen, so die Begründung), aber wo sie nur konnte, versuchte sie, ihr Spiegelbild zu erhaschen. Sie ließ sich nicht gehen.

Gelegentlich dachte Elke an Johnny. Er war ein guter Einstieg in Gespräche, um eine gewisse Reue anzudeuten. Nicht zu viel, das wäre auffällig. Sie dachte immer an den Film „Gaslicht" mit Ingrid Bergmann. Sie erinnerte sich vor allem an die Szene, als die zu Unrecht eingesperrte Bergmann den Dreh fand, wie sie aus der Anstalt herauskam: Sie sagte ‚Ja, ich bin verrückt!' Genial, denn alle waren sich einig, dass so etwas kein Verrückter sagen würde. Dies war ihre Leitlinie.

Sie war besser denn je im Planen. Es gab noch einige Gelder, von denen nie jemand etwas erfahren hatte. Sie arbeitete langsam und sorgfältig auf Tag X hin. Er würde kommen, da war sie sicher. Als Frau Schmittgens ihre Sitzungen übernahm, war Elke erleichtert. Sie kannte diesen Typ Frau: immer hilfsbereit, immer verständnisvoll. Und was noch besser war – ihre Statur ähnelte ihrer eigenen. Okay, sie war nicht so wohlproportioniert und trainiert wie Elke, aber etwa gleich groß und nur ein bisschen schwerer.

Heute hatte wieder eine dieser Sitzungen stattgefunden. Elke machte es Spaß, die Geisteskranke zu mimen. Frau Schmittgens war so dankbar für alle Hinweise – auf die grauenhaften Verwandten, wie sie hatte zusehen müssen, wie ihr Vater ihr Lieblingskaninchen mit Namen „Boris" geschlachtet und ihr dann am nächsten Tag ein Stück Fleisch mit den Worten auf den Teller gelegt hatte: „Hier ist der Unterschenkel von Boris", wobei er sadistisch lachte, „und das isst du jetzt auf, oder du bekommst Prügel! Oder du kommst heute Nacht wieder zu deinem Bruder ins Zimmer!" Und sie erzählte, wie sie unter Tränen die ganze Portion gequält in sich hineingestopft hatte, nur um Schlimmerem zu entgehen. Elke war Doris sehr dankbar, dass sie ihr den Namen Boris geliefert hatte. Irgendwie machte das die Geschichte glaubhafter. Elke dachte kurz an ihre Jugend und die Kaninchen zurück, die sie zu Hause hatten. Niemand hatte herausgefunden, wer damals dem Kleinsten nachts den Hals umgedreht hatte. Oh, das hatte so herrlich geknackt ... Aber Boris hieß dieses Kaninchen nicht. Elke lächelte. Frau Schmittgens hatte eifrig Notizen gemacht, Fragen gestellt und sie mit einem Blick voller Mitleid angeschaut. Elke hatte ein paar Tränen aus den Augen fließen lassen – eine Fähigkeit, die ihr schon als kleines Kind Vorteile gebracht hatte – und sich innerlich köstlich amüsiert. Sie hatte genug Bücher über Psychologie gelesen, um zu wissen, was sie hier erzählen musste. Während sie daran dachte, wie sie dem angeblichen Boris den Hals umgedreht hatte, fiel ihr auf, dass Frau Schmittgens einen recht langen Hals hatte. Wie laut der wohl knacken würde?

Frau Schmittgens hatte die letzte Sitzung mit Elke vor der Adventszeit auf vier Uhr nachmittags gelegt. Elke sagte immer, dass sie besser denken und erzählen könne, wenn es draußen nicht mehr so hell ist.

Die Sitzung verlief erfolgreich. Frau Schmittgens verließ das Besprechungszimmer offenbar mit sich selbst zufrieden. Sie hatte den wattierten Wintermantel bereits verschlossen, ein dicker Schal schützte ihre Mundpartie, die Mütze hatte sie tief über die Ohren gezogen. Sie nickte Peter Peisani, dem neuen Wachmann, freundlich zu. Elke hatte schon von Anfang an darum gebeten, nach den Sitzungen zehn Minuten allein im Behandlungsraum bleiben zu können. Warum auch nicht, der Raum hatte nur einen Ausgang und davor stand immer Aufsichtspersonal. In diesem Haus versuchten eben alle, soweit wie möglich auf die Wünsche der Kranken einzugehen.

Peisani hatte genaue Anweisungen: Waren die zehn Minuten um, sollte er an die Tür klopfen, unverzüglich die Türe öffnen und die Patientin den Gang hinunterbegleiten. Dort wurde sie dann von zwei kräftigen Damen in Empfang genommen, die sie auf ihr Zimmer brachten.

Peisani schaute auf die Uhr, es war genau 17.40 Uhr: Zeit, Elke zurück zur geschlossenen Abteilung zu bringen. Peisani hatte bereits vor Antritt seiner Stelle von Elke gehört. Wer nicht gänzlich desinteressiert war, konnte sich damals dem Medienrummel kaum entziehen. Er klopfte an die Tür, öffnete sie und starrte in den halbdunklen Raum. Irgendetwas stimmte nicht, schon das Halbdunkel war merkwürdig. Er schaltete das volle Licht ein, sein Blick fiel auf das Sofa.

Es blieb ihm nicht einmal Zeit, den nächstgelegenen Papierkorb zu greifen, bevor er sich um Luft ringend übergab.

Für Frieder

Frieder war ein schöner Name, fand Tante Charlotte. Sie hatten in der Familie immer traditionelle Namen gepflegt. Sie schauderte bei der Vorstellung, dass sie Sarah, Sandra, Nadine oder Nicole hätte heißen können. Der Name Charlotte war hingegen wunderschön, so auch Frieder. Frieder selbst hätte lieber Felix geheißen, wie ein Schüler aus der Klasse über ihm, den er bewunderte. Gleichzeitig wusste er, das es ihn schlimmer hätte treffen können: Wilhelm, Fritz oder Berengar. Was für ein Name! Eine entfernte Kusine seiner Mutter hatte ihrem kleinen Sohn den Namen Berengar gegeben. Das arme Kind! Da war Frieder mit seinen zwölf Jahren äußerst zufrieden mit seinem eigenen Namen.

Charlotte wusste, dass Frieder seinen Namen alles andere als liebte, der positivste Kommentar war ein „Ist egal, Tante Charlotte, es gibt schlimmere!" Er war ihr Lieblingsneffe, er hatte keine Konkurrenz. So ein netter blondgelockter Junge, schon als Baby war er ausgesprochen hübsch und niedlich gewesen. Charlotte, die selbst kinderlos war, hielt selten mit ihrer Meinung hinter dem Berg, dass es durchaus hässliche Kinder gäbe. Im Kreise der Familie wurde das eher mit eisigem Schweigen aufgenommen. Kinder waren immer hübsch, allein schon, weil sie Kinder waren.

Der Junge hatte bald Geburtstag und seine Tante hatte sich etwas Besonderes für Frieder ausgedacht. Schon seit Monaten plante und bastelte sie an der Ritterburg. Den Grundriss hatte sie selbst entworfen, die Häuser vor dem Schloss sorgfältig aus Bastelkarton hergestellt, bemalt und auf eine Grundfläche geklebt. Das Schloss selbst hatte sie als Modell gekauft. Daran wäre sie beim Zusammenbauen fast verzweifelt, nichts passte, irgendwo schien ein Teil zu fehlen. Aber schließlich hatte sie es geschafft und die Burg prangte inmitten einer wunderbaren Landschaft. Bei den Figuren hatte sie es sich einfach gemacht und vorgefertigte gekauft. Da gab es so eine reiche Auswahl! Wenn ihr der Gesichtsausdruck nicht gefiel, hatte sie diesen übermalt. Jede Burg braucht einen grimmig schauenden Ritter, genauso wie einen blonden Strahlemann-Ritter. Alles war vorhanden. Den Schleier für das Burgfräulein hatte sie aus feiner Gaze zugeschnitten und an die spitze Papierkappe geklebt. Allerliebst! Das Aufkleben der exakt zweihundertvierzehn winzigen Büsche und Bäume verschiedener Größe hatte eine besondere Geduldsprobe dargestellt. Noch drei Tage bis zum Geburtstag und die Burg war nahezu fertig. Den Zaun wollte sie nun doch in einem helleren Ton streichen, dem Burgfräulein wollte sie noch eine gute Freundin an die Seite stellen. Aber das war kein Problem, sie hatte ja noch das Wochenende. Sie war glücklich und stellte sich immer vor, wie Frieders Augen leuchten würden, wenn er die Decke vom Geschenk ziehen würde. Sie hatte ihrer Schwester Marianne von ihrem Plan erzählt, diese schien nicht so begeistert. Aber wann immer sie etwas sagen wollte, hatte Charlotte sie unterbrochen. „Von so einer Burg träumt doch jeder kleine Junge! Und Frieder ist ein rechter Träumer." Da ihre Schwester so fest überzeugt war, sagte Marianne nichts. Vielleicht täuschte sie sich, es bestand wirklich ein besonderes Band zwischen Charlotte und Frieder, sodass Marianne manchmal fast eifersüchtig wurde, wenn sie sah, mit wie viel Freude Frieder ein Wochenende bei Charlotte verbringen konnte. Er erzählte immer aufgeregt, was sie für tolle Dinge gemacht hatten: Bei MacDonalds essen gehen, den Wildpark besuchen, eine Uhr aus Einzelteilen zusammenbasteln.

Charlotte hatte eine Decke im Sinn, die sie noch kaufen wollte. Groß, quadratisch und moosgrün. Damit wollte sie die Burg abdecken, später könnte die Decke als Unterlage dienen – quasi eine große grüne Wiese. Ihr Nachbar half ihr dankenswerterweise, am Vorabend das komplizierte Gebilde in den Kofferraum zu stellen. Da fehlte nur noch die Decke. Nur wenn sie nichts finden würde, was ihrer Vorstellung entsprach, würde sie gezwungenermaßen etwas anderes nehmen.

Sie schlenderte durch die Stadt. Praktisch, dass die Geschäfte abends nun solange geöffnet hatten. Sie betrat das kleine Kaufhaus, das über eine exzellente Stoff- und Bastelabteilung verfügte. Wie viele Teil für ihre Burganlage hatte sie hier nicht gekauft: die kleine Brücke über den Fluss, einige Stalltiere und vor allem den bösen Wolf, der mit hängenden Lefzen grimmig und gefährlich über den Zaun guckte. Sie fand genau das, was sie gesucht hatte. Fröhlich und voller Vorfreude fuhr sie zu ihrer Schwester. Sie selbst konnte am nächsten Morgen leider nicht dabei sein, wenn Frieder sein Geschenk auspackte. Schon vor drei Monaten hatte sie einen wichtigen Arzttermin bekommen, den sie nicht absagen konnte, weil sie so lange darauf gewartet hatte.

Sie fuhr zur Wohnung ihrer Schwester. Ihr Schwager half ihr, die Burg hochzutragen, die mit der Decke geschützt war. Außerdem sollte auch sonst niemand in der Familie sehen, wie schön die Burg geworden war.

Marianne deckte morgens den Geburtstagstisch mit der obligatorischen Geburtstagstorte, diesmal mit dreizehn Kerzen. Wie lange würde sich Frieder das noch wünschen? Er wurde jeden Tag erwachsener. Sie seufzte. „An Kindern merkst du, wie du älter wirst", hatte sie letzte Woche zu ihrem Mann gesagt.

Frieder war seit vier Uhr wach. Seine Tante Charlotte, das wusste er, hatte immer die tollsten Geschenke. Und sie hatten alle so ein Geheimnis darum gemacht, dass er schon seit Tagen vor Neugier kaum noch schlafen konnte. Er ging durch alle seine Träume, geheime und bekannte, und wusste nicht, was er sich am meisten wünschen sollte. Doch dann fiel es ihm ein, er lächelte. Sein Superwunsch war etwas riesig, aber seine Tante war auch riesig nett. Er lächelte froh, drehte sich nochmals um und starrte in die Dunkelheit, ohne zu merken, dass er wieder einschlief. Und so war er ganz verschlafen, als seine Mutter ihn um sieben Uhr weckte.

„Nein, du ziehst dich erst an und frühstückst, bevor du die Geschenke auspacken darfst!" Er zog einen Flunsch, na gut, hastig zog er seine Sachen an, klatschte ein paar Tropfen Wasser ins Gesicht, was heute als Wäsche reichen musste. Auch am Frühstückstisch musste ihn seine Mutter mehrmals ermahnen, langsam zu essen und nicht zu schlingen. Er war ganz zappelig. Die große Doppeltür zum Wohnzimmer war geschlossen. Dahinter war der Tisch mit seinen Geschenken ...

Endlich war es soweit. Er stürmte ins Wohnzimmer und schaute sich um. Was war denn das dahinten auf dem Esstisch, abgedeckt mit einer wie ihm schien riesigen grünen Fleecedecke? Seine Eltern lächelten ihm zu: „Das ist von Tante Charlotte". Er runzelte die Stirn, so etwas Großes? Er zog die Decke weg – und erstarrte. Die Röte lief ihm ins Gesicht. Er war doch kein Baby mehr! Er war so sicher gewesen, dass sie ihm das neue Smartphone gekauft hatte, er hatte doch oft genug Tipps gegeben. Seine Enttäuschung wich einer maßlosen Wut, er zog die Burg vom Tisch, sie zerschellte in zwei Teile und er trampelte auf den Resten herum, als gelte es, eine feindliche Burg dem Erdboden gleichzumachen. Seine Mutter versuchte, ihn zu beruhigen, sie wies ihn darauf hin, wie prima er doch damit spielen könne. „Mama", schrie er, „ich bin doch kein Kind mehr! Was für eine blöde Tante ist das denn? Ich will die doofe Kuh nie, nie, nie wiedersehen!" Dabei zertrat er mit Wucht das Burgfräulein und ihre Freundin.

Die Eltern waren fassungslos. So hatten sie ihren Sohn noch nie erlebt. Frieder packte seine Schulsachen und rannte raus. Am Gartentor stand Kevin, der trotz des Altersunterschieds von anderthalb Jahren sein bester Freund war. Kevin lächelte ihn an, wollte ihm gratulieren und sein kleines Geschenk geben (er hatte sich wirklich von seinem Lieblingscomic getrennt!), als Frieder ihn ganz unvermittelt zu Boden stieß, ihm noch einen Tritt in die Seite gab und zur Schule lief.

Gegen Gabi

„Es gibt keine normalen, modernen Vornamen mit G,“ dachte Gabi. Sie hatte dafür extra die beliebtesten Mädchenvornamen nachgeschaut, anschließend noch eine Liste mit Mädchennamen mit G. Darauf standen die seltsamsten Namen, aber nichts Gängiges so wie Sarah, Emily, Jana und was es da noch so gibt.

Da war klar – sobald sie ihren Namen nannte, wusste jeder: Aha, nicht mehr taufrisch. Das machte ihr an für sich nichts aus. Aber bei der Arbeitssuche war es hinderlich. Sie kam deshalb erst gar nicht in die grobe Auswahl. Dabei war sie eine topfitte Buchhalterin, kannte die meisten entsprechenden PC-Programme aus dem F-F, besser als so manche junge Schnepfe. Das Problem war, dass ihre potentiellen Chefs alle jünger waren und daher dachten: „Ach, eine Gabi ... älteres Semester, keine Lust auf PC, die hält schon die Maus wie einen Fremdkörper in der Hand.“

Sie musste nicht unbedingt arbeiten. Von ihrer Witwenrente und der Lebensversicherung konnte sie leben. Große Sprünge waren nicht drin, aber sie musste keinesfalls darben und den einen oder anderen kleinen Luxus konnte sie sich durchaus leisten. Aber sie wollte arbeiten. Sie hatte einen kleinen, feinen Freundeskreis, einige Bekannte, war somit auch sozial nicht verarmt. Dennoch: Den Finger noch im Geschehen haben, noch am Rad der Zeit aktiv mitdrehen, all das wollte sie nicht aufgeben. Immerhin blieben ihr noch zehn Jahre, die sie mit einer sinnvollen Tätigkeit ausfüllen und dabei gleichzeitig ihre Finanzen aufbessern konnte. Man weiß ja nie.

Also hieß es immer wieder bei den Bewerbungen: alle gegen Gabi. Manchmal wurde sie auch eingeladen, saß mit etwa zwanzig zwitschernden Mädels und ein paar mütterlichen Wiedereinsteigerinnen zusammen und wartete, dass sie aufgerufen wurde. Wenn es überhaupt so weit kam. Sie war kompetent, das wusste sie, sie konnte sich auch gut verkaufen, dennoch klappte es nie. Langsam wurde sie ungehalten. Neun Monate suchte sie schon nach einem Job. Sie war aber nicht so verzweifelt, dass sie jeden Mist akzeptiert hätte. Nein, es sollte schon im erlernten Beruf sein. Sie bildete sich ständig weiter fort, las genau, was es für Neuerungen rechtlicher und technischer Art gab. Nicht, dass sie wirklich eines Tages ein Buchhaltungsprogramm wie ein Neuling anstarren würde.

Heute war wieder so ein Tag. Immerhin hatte sie eine Einladung erhalten. Sie war in einer übermütigen Stimmung. Was soll's, dachte sie sich, wenn es auch dieses Mal nicht klappt, nehme ich mein Gespartes – das für Notfälle gedacht war – und reise ein wenig durch Europa. Allein? Hmmm, das wäre zu überdenken.

Und wieder die immer gleiche Szene. Sie war pünktlich, auf den anderen Stühlen saßen ein paar unfertige Mädeln, daneben offensichtlich abgehetzte, vermutlich alleinerziehende Mütter, und eine etwas aufgetakelte Damen mittleren Alters, ehemals Sekretärin, tippte Gabi. Und sie selbst. Heute war ihr alles egal, und als die jungen Mädels sie abfällig musterten, musterte sie genauso abfällig und unhöflich zurück, wobei sie arrogant eine Augenbraue hochzog. Das tat gut. Aber die Stimmung im Raum war mies. Wie sollte sie ein gutes Gespräch abliefern, wenn vorher schon alle gegen sie waren? Das pflanzte sich doch fort. Sie packte entschlossen ihre Handtasche, nein, das musste sie nicht noch einmal mitmachen. Lieber würde sie durch die Stadt schlendern und sich die schicke Hose gönnen, die vor einigen Tagen auf fünfundvierzig Euro heruntergesetzt worden war. Die Frau an der Rezeption schaute hoch: „Ist Ihnen nicht gut?"

„Doch, mir ist sehr gut. Ich habe soeben beschlossen, dass ich nicht an einem Platz arbeiten möchte, an dem Bewerberinnen wie Vieh zusammengepfercht werden, statt sie höflich nacheinander einzuladen. Das ist mieser Stil!" Die Frau beugte sich zu ihr und sagte leise: „Sie haben völlig recht! Aber nachdem Bewerberinnen wiederholt einfach nicht erscheinen und wir jede Menge Zeit vergeudet haben, machen wir das jetzt so." So kamen die beiden ins Gespräch und bemerkten gar nicht, wie die Zeit verging. Die Tür öffnete sich und ein Mann mittleren Alters kam herein, Sorgenfalten auf der Stirn. Er musterte Gabi interessiert, wandte sich an die Rezeptionistin und fragte: „Diese Mädels haben wie immer von nichts Ahnung. Vielleicht können sie ihr Lieblingskätzchen in Facebook posten, aber richtig arbeiten sehe ich die nicht. Und diese ganzen Mötter" – schon wie er das Wort aussprach, brachte Gabi zum Schmunzeln – „das ist vielleicht unfair, aber die müssen sich doch ständig um ihre Kinder kümmern. Und die Kandidatin, auf die ich meine besondere Hoffnung gesetzt hatte, ist nicht gekommen."

„Soll ich dort einmal anrufen, wer war das denn?"

Der Mann zuckte mit den Schultern, „Ich kann mir die Namen nicht merken, aber so etwas, was sofort Vertrauen schafft, Andrea, Monika oder Gabi, ich weiß es nicht mehr." Gabi fasste sich ein Herz. „Ich heiße Gabi Hoffmann und hatte mich um die Stelle beworben. Aber ich wollte gerade gehen, weil ich diese Art der Massenabfertigung leid bin!". Sie wunderte sich selbst über ihren Mut, sie war sonst nicht so forsch und vorwurfsvoll. „Und bevor Sie fragen – ja, ich weiß, dass man eine Maus nicht mit spitzen Fingern anfasst, sondern mit der vollen Hand. Und ich bekomme auch keine Alpträume oder Herzrasen, wenn ich an Bildschirmarbeit denke!" Sie war etwas lauter geworden in ihrem Zorn, als das ihrem Naturell entsprach.

„Gabi Hoffmann?"

„Sagte ich bereits!"

„Ich habe ihren Namen in der Liste gelesen und ahnte sofort – endlich eine Kandidatin, die nicht mit ihrem Hirn nur an den Jungs oder an den eigenen Schürzenbändeln hängt. Kommen Sie mit, erzählen Sie mir, was Sie können und ob Sie das DATEV-Programm beherrschen. Wer weiß, vielleicht kommen wir doch noch zusammen?"

Mit diesen Worten zog er sie in sein Büro. Eine halbe Stunde später verließ sie das Gebäude mit einem Arbeitsvertrag in der Hand. Okay, die Arbeitsbedingungen waren nicht ideal, die Stundenverteilung nicht ganz nach ihrer Vorstellung. Die Bezahlung könnte besser sein, aber ihr neuer Chef hatte ihr eine Gehaltserhöhung in Aussicht gestellt, wenn die halbjährige Probezeit zu beider Zufriedenheit verstrichen sein würde.

Zufrieden saß Gabi in der Bahn und belächelte all die jungen Dinger. Erfahrung und Können macht sich eben doch manchmal bezahlt, ha! Wer war jetzt noch gegen Gabi, die sich selbst wieder auf die Erfolgsspur gebracht hatte?

Hinter Hendrik

Hendrik hatte die große Kreuzung erreicht. Links ging es zum Stadtzentrum, hinter ihm lag das Zentrum des Ortsteils, rechts ging es zur Autobahn. Und geradeaus ... da gab es Wald, wenige Häuser und Wiesen. Er wusste es nicht genau, mit seinen Eltern war er erst einmal dort entlanggegangen. Das war an einem Sonntagnachmittag gewesen.

Er schaute auf sein Smartphone. Geradeaus gab es drei große Schatzkisten, zwei Herbergen und vermutlich viele Monster. Er spielte dieses Spiel seit zwei Wochen und es zog ihn immer mehr in seinen Bann. Er hatte seinen Eltern versprochen, dass er nur bis in den Ortskern ginge. Aber Jan, sein bester Freund, hatte ihn beruhigt: „Ich komme mit dir, keine Sorge. Du bist doch kein Feigling, für diese tollen Schätze kannst du auch mal neue Wege gehen. Und du möchtest doch heute noch in Level 17 aufsteigen?" Hendrik wollte. Er schaute auf das Display. Es war stumm.

Wie er es gelernt hatte, drückte er auf den gelben kleinen Kasten, der die Fußgängerampel auf Grün umspringen lässt. Er wartete geduldig. Endlich sprang die Ampel auf Grün, er ging bis zur Mitte der vierspurigen Fahrbahn, und nur eine Minute später war er auf der anderen Seite. Er starrte ins Dunkel. Es gab eine Straßenlaterne, es gab links sogar einen Bürgersteig. War die Straße doch nicht so klein? Er marschierte weiter. Ein Auto kam ihm entgegen und fuhr an ihm vorbei. Der befestigte Gehweg endete nach wenigen Metern: Was würde passieren, wenn jetzt ein Auto käme? Er orientierte sich wieder mit der Karte des Spiels. In einigen Metern müsste ein Weg links abzweigen. Leider zeigte die Karte erst kurz vor Abbiegungen, ob der Weg auch wirklich zum Ziel führen würde oder ob die gesuchte Herberge doch auf abgesperrtem Privatgelände platziert war. Auf der rechten Seite stand ein Fachwerkhaus mit dunklen Schieferplatten, zwei Fenster waren erleuchtet. Also war es nicht total einsam hier und das könnte er seinen Eltern erzählen, falls sie sich später einmal Sorgen machten.

Er ging weiter. Die Straße war nur spärlich beleuchtet. Rechts war ein Zaun, dahinter eine schwarze Wiese, die ins Nichts führte. Links schwarz geballtes Wirrwarr, waren das Büsche? Aus den Büschen blinkte es leicht und er hörte Gelächter. Es klang, als ob kleine Kobolde ihn auslachten. „Jan, Jan" flüsterte er in sein Smartphone, „ist das noch okay hier?" Nach einer Weile meldete sich Jan mit müder Stimme: „Geh weiter, die Kleinen treiben nur Schabernack mit dir, sie wollen dir nichts Böses." Er vertraute Jan voll, dennoch war ihm nicht so ganz wohl. An der ersten Abzweigung nach rechts ging er vorbei, das verwahrte er sich für den Rückweg, denn er hatte weiter unten eine weitere „Herberge" entdeckt, die Platz für eines seiner Monster bot. Das hieß, er könnte morgen früh mehr Edelsteine abholen!

Er nahm die zweite Abbiegung, zum Glück auch eine asphaltierte Straße. Nicht wie vor zwei Tagen, wo ihn das Spiel auf einen Weg vollends in den Wald geführt hatte, voll mit Kobolden und Gespenstern. Ohne Jans Beistand hätte er vermutlich doch geweint, obwohl er gerne ein Held sein wollte. Er schritt die Straße entlang, nahm eine weitere Abzweigung, die ebenfalls über einen festen Weg führte. Die Straßen glänzten und waren schwärzer als der wolkenlose Himmel, weil es vor einer Stunde geregnet hatte. Er hatte Glück, die Herberge lag so, dass er sie vom Weg aus erreichen konnte. Er setzte Pluto hinein, Aufgabe erfüllt, Zeit, zurückzugehen.

Wie er es für unbefestigte Straßen gelernt hatte, nahm er auf dem Rückweg die linke Straßenseite. Wieder vorbei an der schwarzen Wiese. Das Haus, das vor einer Viertel- oder halben Stunde noch Vertrauen und Gemütlichkeit ausgestrahlt hatte, sah verlassen aus: Kein Licht brannte mehr. Hendrik schluckte und ging weiter. Da sah er auch die Abzweigung, auf die er gewartet hatte. Die Straße war überraschend breit, ging leicht gewunden bergauf. Sie war nicht asphaltiert, sondern gepflastert. In regelmäßigen Abständen standen große Laternen, die ein orangefarbenes Licht verstrahlten. Links befand sich ein weißer Streifen, neben dem es einen asphaltierten Weg auf der Höhe der Straße gab. Die rechte Seite war mit umgelegten Holzquadern abgesetzt. Immer so ein Holzstück von ca. ein Meter Länge, dann eine offene Stelle von knapp einem Meter, dann das nächste Holzstück. Hendrik hatte so etwas noch nie gesehen, es schien ihm befremdlich.

Auf der Spielkarte sah er eine Kurve, dann links einen kleinen Kreisverkehr und wenn er dort links abbiegen würde, käme er zur nächsten Herberge. Das war aber noch ein Stück.

Die Straße war menschenleer. Außer dem orangefarbenen fahlen Licht, das sich auf den feuchten Pflastersteinen spiegelte, gab es keine Abwechslung. Er hörte ein entferntes Brummen, wie von einem Generator. Wobei er keine Ahnung hatte, wie sich ein Generator anhörte, aber er hatte das von den Erwachsenen übernommen. Er versuchte, Kontakt mit Jan aufzunehmen, und hauchte in das Mikrophon: „Jaan". Er erhielt keine Antwort.

Nun kam er an die Kurve und als er dort entlangging, sah er plötzlich auf der rechten Seite drei riesige Gebäude. Große Quader, die auf flacheren, kleineren Quadern standen, so dass die großen Quader an jeder Seite über die kleinen hinausragten. Jedes Gebäude sah aus wie eine auf den Kopf gedrehte rechteckige zweistöckige Hochzeitstorte. Dunkel ragten sie in den Himmel. Auf den Seitenflächen hatten sie etwas, das Fenster sein könnten. Große schwarze Vierecke, jeweils drei Reihen übereinander. Er zählte nicht, wie viele es nebeneinander waren. Kein einziges dieser Vierecke war beleuchtet. Vorne an den Quadern war jeweils ein Strahler angebracht, der die Querseite der Rechtecke unterhalb der großen Quader in kaltes weißes Licht tauchte. Hendrik spürte eine Gänsehaut auf seinem Rücken, ihn fröstelte. Ihm fiel eine Science-Fiction ein, die er vor ein paar Tagen gelesen hatte. Sein Vater hatte eine große Sammlung Science-Fiction in einer Bücherkiste auf dem Speicher. Die Geschichten waren alle ziemlich alt, so aus den sechziger Jahren. Sein Vater hatte sie wiederum von seinem Vater geerbt. Hendrik las diese Bücher gern. Manche legte er sie schnell beiseite, weil sie lächerlich waren. Wie hatte das Menschen begeistern können? Aber einige Geschichten konnte er nicht vergessen, zum Beispiel *Donovan's Gehirn*. Die Hauptrolle spielte ein in Flüssigkeit aufbewahrtes Gehirn, das langsam die Macht über die Menschheit übernahm. Die zweite Geschichte, die er gerade gelesen hatte, spielte in einer Stadt, in der Merkwürdiges passierte:

Der Leser wusste bald, dass Außerirdische versuchten, die Macht an sich zu reißen. Der Protagonist war einem seltsamen technischen Brummen auf der Spur, das er in seiner Wohnung hörte. Eines Tages stieg er in den Keller der Hochhaussiedlung hinab, in der er wohnte. Der Hausmeister war ihm schon längere Zeit verdächtig vorgekommen, nun stand er im Keller mit dem Rücken zu ihm. Da teilten sich die Haare am Hinterkopf und ein Auge wurde sichtbar. Hendrik hatte diese Idee für sein letztes Faschingskostüm übernommen.

In dem Keller entdeckte der Protagonist eine riesige, brummende Maschine. Aha, daher kam das technische Geräusch. Das ganze Gebäude wackelte und brummte, der Protagonist wusste: Er musste aus dem Haus fliehen, sonst würde er vom Hausmeister – offenbar einem Alien – zusammen mit dem Gebäude entführt. Der Hausmeister stand neben der Maschine, schaute den Helden mit seinem dritten Auge an, lachte und ließ ihn laufen. Als der Protagonist in, wie es ihm schien, letzter Sekunde aus dem Gebäude stürzte, atmete er erleichtert auf, um im nächsten Moment zu entdecken, das weit Größeres im Gange war, als er geahnt hatte: Nicht das Gebäude löste sich aus dem Sockel, sondern der ganze Gebäudekomplex ratterte und zischte, eine durchsichtige Haube schloss sich über den Gebäuden und das Ganze setzte langsam mit Raketenantrieb zu einem Flug ins Nirgendwo an. Damit endete die Geschichte.

Hendrik hatte oft versucht, sich vorzustellen, was weiter passiert wäre. Was würden die Außerirdischen mit den Menschen machen? Was würde aus dem Protagonisten? Jan hatte ihm einige ziemlich schreckliche Varianten erzählt. Hendriks Wunsch nach einem Helden, der dem Hausmeister den Garaus machen und die Gebäude wieder zur Erde bringen würde, wurde weder von Jan noch von seiner eigenen Phantasie erfüllt. Als er aber jetzt diesen Riesengebäudekomplex sah, wurde ihm mulmig. Und dieses Brummen! Würde er jetzt von Aliens gekidnappt und mit vielen anderen ins All gebracht? Sein Herz pochte, aber er ging weiter, so wie er das von Jan gelernt hatte: „Hendrik, gib niemals auf, geh immer weiter, das ist die Lösung."

Hendrik schaute nicht mehr nach rechts, ging tapfer an den Gebäuden vorbei, die erst bedrohlich größer und dann, nicht weniger bedrohlich, kleiner wurden. An den Rückseiten gab es keine Strahler. Hinter Hendrik war ein Rascheln und Kichern zu hören, aber wenn er sich umdrehte, sah er nur die unbewegten Pflastersteine.

Er kam zu dem kleinen Kreisverkehr. Um links abbiegen zu können, musste er erst halb um den Kreis herumgehen. Nach links bog eine breite Straße ab, deren Eingang mit riesigen runden Betonklötzen abgesperrt war. Etwa acht Stück standen wie Riesenkekse nebeneinander, um jeden

Klotz hatte man ein rotweißes Band gebunden. Ein schwarzweißes Hinweisschild gab kund, dass diese Straße nicht mehr für den Verkehr geöffnet war, und zwar mit Datum, ab wann diese Regelung galt. Für einen Fußgänger oder Radfahrer reichte der Platz zwischen den rotbraunen Pollern aus. Wieso wurde so eine breite Straße abgesperrt? „Jan", flüsterte er und hielt das Smartphone dicht an den Mund, „Jan, was ist das für eine Straße?" Jan gähnte. „Hendrik, nun geh schon weiter. Es ist zwar gefährlich, aber du wirst es schaffen." Dies fand Hendrik nicht sehr ermutigend. Zögerlich ging er zwischen den Pollern hindurch, die ihm bis an die Taille reichten. Die dunkle Straße, die keine befestigten Ränder hatte, schien ins Endlose zu reichen. Auf der Karte war die Herberge ganz nah. Es war so unheimlich, diese Stimmen! Manchmal sah er auch Gestalten an der Böschung rechts vorbeihuschen, die auf ihn zeigten und mit hysterischen Stimmen etwas in einer Sprache riefen, die er nicht verstand.

Endlich, endlich, auf der linken Seite war die Herberge so nah, dass er sie betreten und ein Erdbeermonster hinterlassen konnte. Die Stimmen um ihn herum wurden immer lauter, ihm schien die Erde zu beben. Hätte er doch bloß auf seine Eltern gehört und wäre zum Ortskern gegangen. Da hatte er sich zwar schon in alle Herbergen gesetzt, aber gewiss hätte er dort ein paar Monster fangen können. Vielleicht sollte er sich zu Hause melden, um einfach eine menschliche Stimme zu hören, denn Jan war heute so unnahbar? Er drückte den Shortcut für die Nummer seiner Mutter, aber das Telefon blockierte, er drückte auf die Zahlen, aber es wählte nicht. Er versuchte die Festnetznummer, das Handy seines Vaters – nichts. Er biss sich auf die Unterlippe, um nicht zu weinen. Das wäre memmenhaft. Ihm war es mittlerweile nur noch unheimlich. Er sehnte sich nach der warmen heimischen Küche, wo seine Mutter ihm eine Käsestulle zubereiten, ihm über den Kopf streichen und sagen würde: „Hendrik, lauf doch im Dunklen nicht immer so weit weg von zu Hause!".

Die grauen Gestalten kamen immer weiter aus dem Dunkel hervor und zupften an seiner Regenjacke. Wenn er versuchte, die Geisterfinger wegzudrücken, hörte er hohles Gelächter. „Nur nicht laufen", dachte er, „dann riechen sie meine Angst, so wie Hunde, und lassen mich nicht mehr los." Er kehrte um, zurück in Richtung des Kreisverkehrs, um den Heimweg anzutreten. Vor ihm lag die gepflasterte Straße, so wie er sie beim Hinweg bemerkt hatte, orange beleuchtet, mit Pflastersteinen. Weit und breit war kein Mensch zu sehen oder zu hören, nur Kichern, Zupfen und andere weitaus unheimlichere Geräusche. Er erhöhte sein Schritttempo, schnell, aber nicht zu schnell, im Schein der Lampen, vorbei an den düsteren Gebäudeblocks. Vor ihm Orange. Er drehte sich nicht um. Hinter Hendrik war nur undurchdringliches Schwarz, das ihn bald einholen würde.

In Ina

Lena saß an Inas Bett. Ina war geschwächt, die letzte Chemotherapie hatte ihr wieder zugesetzt. Krebs an sich ist für jeden Menschen schlimm, aber für ein Kind ist es so extrem ungerecht, weil es nichts von dem versteht, was mit ihm passiert. Warum muss es Dinge machen, die ihm weh tun, nach denen ihm übel wird? Lena versuchte, es Ina zu erklären, die sie unverständlich ansah, bevor sie wieder vor

Schmerzen weinte. Lena hatte sich ein halbes Jahr Urlaub genommen. So lange würde es dauern, hatte die Ärztin gesagt, bis die Folgen des dritten Therapiezyklus abgeklungen und Ina wieder halbwegs bei Kräften sei. Davon, dass die Therapie erfolglos sein könnte, sprach niemand. Lena mochte es nicht einmal denken. Das Geld würde fehlen, aber das würden sie schon irgendwie hinbekommen. Hanno hatte sie unterstützt: „Schau, ich verdiene genug, wenn wir uns nur ein bisschen einschränken. Dann nimmst du das Auto, ich fahre mit einem Kollegen oder der Bahn zur Arbeit. Erstens kannst du dann Ina überallhin begleiten und vor allem können wir sie zu Hause behalten, sie muss nicht die ganze Zeit im Krankenhaus liegen."

Lena war Hanno so dankbar, wieder einmal hatte sich gezeigt, was für ein gutes Herz er hatte und dass sie damals gegen den Willen ihrer Eltern die richtige Wahl getroffen hatte. Als sie ihn kennen lernte, war er ungelernter Hilfsarbeiter in einer Stahlfabrik, sie hatte gerade ihre Ausbildung als pharmazeutisch-technische Assistentin abgeschlossen. Obwohl er schon Mitte Zwanzig war, stand sein Entschluss fest, noch etwas Richtiges zu lernen. In seinem ehemals gelernten Beruf als Elektriker hatte er keine Anstellung gefunden. Daraufhin hatte er sich bei der Bundeswehr verpflichtet, um nicht arbeitslos zu werden. Schon als er Lena kennenlernte, hatte er sich für verschiedene Bürojobs beworben. Lena war so ein positiver Mensch, sie unterstützte ihn, sie redete ihm zu, baute ihn auf und drückte ihm die Daumen. Und beim Vorstellungsgespräch bei der Bank vor Ort hatte das genutzt. Er hatte die Stelle bekommen und nach einer zweijährigen Ausbildungszeit konnte er SAP-Mitarbeiter werden. SAP war nicht nur in Banken beliebt! Gute Aussichten.

Nach erfolgreichem Abschluss hatte die Bank ihn übernommen. Es bot sich an, eine Schwangerschaft zu planen. Alles lief genauso, wie vorgesehen. Lena und Hanno entschieden sich, Ina im Alter von vierzehn Monaten in eine Krippe zu geben, damit Lena wieder halbtags arbeiten konnte. So war sie nicht völlig raus aus dem Beruf und konnte leicht aufholen, was an neuen Vorschriften und Computerprogrammen in der Zwischenzeit aktuell geworden war. Die Apotheke, in der sie in Mutterschutz gegangen war, florierte weiter, da sie parallel online tätig waren, und so wurde sie mit Kusshand wiederaufgenommen. Ina entwickelte sich prächtig, nachdem sie Schwierigkeiten mit dem rechten Ohr und demzufolge dem Gleichgewichtssinn nach einer kleinen Operation überwunden hatte. Alles lief wie im Bilderbuch, sie sparten jeden Monat etwas, weil sie in drei oder vier Jahren ein Reihenhäuschen kaufen wollten.

Bis dann Inas Krankheit dazwischen kam. Bei einer Routineuntersuchung stellte die Kinderärztin fest, dass etwas mit Inas Haltung nicht in Ordnung war. Sie überwies an einen Orthopäden, der vorzugsweise Kinder behandelte. Es ist für ein dreijähriges Kind nicht einfach, ein CT oder ein MRT und all die vielen Blutproben auszuhalten, aber Lena war immer an Inas Seite, um sie zu trösten oder abzulenken. Dann kam die niederschmetternde Diagnose: ein kleiner, vermutlich bösartiger Tumor am rechten Hüftgelenk. Nach der Gewebeprobe zwei Wochen zuvor hatte Ina zwei Nächte nicht geschlafen und nur geweint oder geschrien. Und jetzt musste sie operiert werden, und zwar bald – dann bestanden gute Heilungsaussichten. Fünfundachtzig Prozent dieser Operationen waren erfolgreich, das heißt, nach fünf Jahren war der Tumor nicht zurückgekehrt. Es gab keine Statistik zu weiteren Jahren.

Tagelang diskutierten Hanno und Lena, ob sie ihrem kleinen Liebling diese OP zumuten wollten und konnten oder nicht. Schließlich entschieden sie sich dafür. Das Risiko einer Querschnittslähmung stand im Raum, aber jede OP hat Risiken, das wussten sie beide. Die OP verlief komplikationslos. Lena saß immer an Inas Bett, tupfte ihr die Stirn ab, fütterte sie, streichelte sie. Hanno kam, so oft er nur konnte, und wechselte Lena ab, damit diese einmal schlafen konnte. Dann kam die neue Hiobsbotschaft: Es waren Metastasen entdeckt worden. Bestrahlungen hatten eine schlechtere Prognose, deshalb wurde eine Chemotherapie empfohlen. Die Eltern stimmten zu. Wenn Inas dunkle Locken fielen, war das nicht schön, aber sie würden nachwachsen. Außerdem war sie doch so jung, dass sie die optische Veränderung nicht als Makel sehen würde. Allerdings erschrak die kleine Ina schon, als sie das erste Mal hohläugig, abgemagert und ohne Haare in den Spiegel schaute. Dieses Jahr wollte sie nicht an Halloween teilnehmen.

Mittlerweile war sie vier Jahre alt. Der Plan für ein zweites oder gar ein drittes Kind war gestrichen worden. Hanno und Lena wollten ganz für Ina da sein und auch keine jüngeren Geschwister dem Druck aussetzen, eventuell ein behindertes älteres Schwesterchen zu haben, das mit Sicherheit viele Jahre lang verstärkt Aufmerksamkeit benötigen würde. Den Hausplan hatten sie auf Eis gelegt, aber nicht völlig verworfen.

Hanno arbeitete wie ein Besessener. Mit nur einem Einkommen konnten sie nicht riskieren, dass er seinen Job verlieren würde. Und was nach dem halben Jahr sein würde, wusste niemand so genau.

Manchmal belastete die Krankheit die Beziehung. Das war ganz normal, hatte Lena in der Selbsthilfegruppe für Mütter krebskranker Kinder gelernt. Daher nahm sie sich Streitereien und Auseinandersetzungen nicht allzu sehr zu Herzen. Sie sah es demzufolge auch relativ locker, dass Hanno sich in den letzten Wochen verändert hatte. Er war härter geworden, düsterer. Das würde sich aber bestimmt bald geben, wenn Ina endlich sichtbar auf dem Weg der Besserung war und wieder lachen, ihre Grübchen zeigen und den Vater am Bart zupfen würde. Derzeit lag sie meist apathisch in ihrem kleinen Bett, ihre Kuscheltiere neben sich. Die Kuscheltiere, die sie kannte, hatten sie nach und nach gegen neue ausgetauscht, die in der Maschine bei heißen Temperaturen gewaschen werden konnten, weil Chemotherapien die Immunabwehr herabsetzen. Anfangs war das noch ein Drama gewesen, aber mittlerweile klappte das super. Lena lächelte Ina an, und heute war ein guter Tag. Ina lächelte zurück. Das war, als Hanno von der Arbeit kam. Lena hörte den Schlüssel im Schloss. Seine Schritte waren schwer, was sich in den letzten Wochen verstärkt hatte. Lena dreht den Kopf um, als Hanno das Kinderzimmer betrat. Er stellte sich neben das Bett und starrte seine Tochter an. Lena drückte liebevoll seine Hand und flüsterte: „Sie schläft jetzt wieder, aber sie hat mich vorhin angelächelt, das hat sie schon lange nicht mehr. Ich finde das ein positives Zeichen!" Hanno starrte auf das Kind, dann zum Fenster raus. Er presste die Lippen zusammen.

„Was ist los, Hanno, Ärger auf der Arbeit?" Sie hatten beide immer Sorge, dass sich das private Drama auf seine Arbeitsleistung auswirkte und er den Job verlöre. Andererseits hatten sie mit seinem Chef gesprochen, der selbst zwei kleine Töchter hatte, und vollstes Verständnis zeigte. Aber dennoch ...

„Nein, auf der Arbeit ist alles okay." Hanno machte eine Pause. „Ich habe da mit einem Kollegen gesprochen, der kennt sich mit so Krankheiten aus."

Da Hanno gelegentlich Phasen hatte, in denen er sich parawissenschaftlich ausrichtete, war sich Lena nicht sicher, was sie davon halten sollte. Wieder Geld rauswerfen für Aprikosenkernsaft, der so bitter war, dass Ina nur schrie, wenn sie ihr einen Teelöffel einflößten? Spezialvitaminmischungen kaufen, für die ein Viertel des monatlichen Lebensmittelbudgets wegschmolz? Schröpfen, wickeln, baden in Spezialantikrebsschlamm, es gab fast nichts, was Hanno ausgelassen hatte. Solange es der kleinen Ina nicht offensichtlich schadete oder weh tat, ließ Lena ihren Hanno gewähren. Man weiß ja nie ... Bisher hatte nichts geholfen.

„Lena, ich muss mit dir reden." Das war so ernst, dass Lena schon vermutete, dass Hanno die Familie verlassen würde, wie sie das so häufig in ihrer Selbsthilfegruppe gehört hatte. Zwar traute sie ihm das nicht so recht zu, aber wer weiß schon, was ein Mensch unter diesem unmenschlichen Druck tut?

Sie setzten sich in die Küche. Auf dem Tisch standen noch die Teller und Tassen vom Frühstück. Manchmal war Lena so mit Ina beschäftigt, dass sie nicht zum Aufräumen kam. Sie erledigten es dann gemeinsam, wenn Hanno nach Hause kam. War das vielleicht zu viel für ihn, diese Unordnung? Sie setzte sich auf den Stuhl und überlegte schon, was sie sagen könnte, um ihn zu halten.

Hanno setzte sich hin. Seine Jackentasche war leicht ausgebeult. Er sah Lena an und sie sah, dass seine Augen blutunterlaufen waren. Er war fertig, das konnte ein Blinder erkennen.

Lena beugte sich vor, streichelte seine Hand auf dem Tisch und sagte: „Mein lieber Hanno, was bedrückt dich?" Sie wollte stark sein, stark sein für sie beide.

Hanno schaute an ihr vorbei. „Ich habe dir doch von dem neuen Kollegen erzählt, Martin. Der kennt sich aus mit Krebskrankheiten, denn sein Bruder ist ein bekannter Krebsheiler." Lena seufzte innerlich. Das war doch garantiert wieder so ein Kokolores. Aber nur nichts anmerken lassen. Hanno fixierte seinen Blick auf das Foto von Ina, das an der Pinnwand zwischen all den Einkaufszetteln hing.

„Ich weiß jetzt, was mit Ina ist. Und wir müssen aufpassen, dass sie nicht unser ganzes Leben zerstört. Wobei nicht Ina uns bedroht – sie ist unsere Tochter, ein Schatz, voller Fröhlichkeit und Harmonie." Lena wurde langsam unruhig, da ging etwa von Hanno aus, das sie nicht kannte. Sie ließ dennoch ihre Hand auf seiner liegen.

„In Ina wohnt ein Dämon!"

Lenas Welt drehte sich. Was kam als Nächstes?

„Diesen Dämon müssen wir bekämpfen, dann ist unser Kind frei!"

Mit diesen Worten griff er in seine Jackentasche, holte einen spitzen Holzkeil heraus und legte ihn auf die Tischplatte. „Lena, wer macht es, du oder ich?"

Je Julia

„Das macht dann je Julia wie viele Bonbons?" Julia verdrehte die Augen, zumindest innerlich. Manno, sie waren doch keine Kinder mehr. Und seit der ersten Klasse hatten sich alle Lehrer darüber amüsiert, dass es insgesamt sage und schreibe drei Julias in der Klasse gab. Immer wieder Anlass für Späße (gähn) oder kleine Rechenaufgaben. Natürlich waren sie über die Division durch drei weit hinausgekommen, aber wann immer es etwas zu verteilen gab, wurde dieser Scherz wieder aufgewärmt.

Es stimmte, es gibt Schlimmeres. Statt einer doofen Nummerierung mit Julia 1, Julia 2 und Julia 3 reichte es doch vollkommen, wenn die Lehrerin beim Sprechen den Kopf zu der Julia drehte, die gemeint war. Sie saßen doch nicht nebeneinander.

In der dritten Klasse hatte sie die beiden anderen Julias zu ihrer Geburtstagsfeier eingeladen, aber das war kein Erfolg geworden. Die eine konnte es nicht verkraften, dass sie nicht alle Spiele gewann, vielmehr überall verloren hatte. Sie zog einen Flunsch und heulte sogar einmal. Die andere pickte im Essen herum, das Julias Mutter mit so viel Liebe vorbereitet hatte. Wie konnte man diese köstliche Cremetorte mit den vielen Kerzen und den Verzierungen aus Smarties nicht toll finden? Julia war ausgesprochen stolz auf die Koch- und Backkünste ihrer Mutter, die sich für die Verzierungen viel Zeit nahm. Und da fand sie das voll gemein, wie diese blöde Julia-Kuh nur in dem winzigen Stück Kuchen herumstocherte. Sie hatte gleich gesagt: „Bitte für mich nur ein kleines Stück, ich achte auf meine Linie!" Dabei sah sie sich erfolgsheischend in der Runde um. Julia war zu höflich, ihre Namensvetterin unter dem Tisch zu treten, und zwar kräftig, weil sie wusste, dass ihre Eltern dann traurig wären.

Nee, also so eine Art Julia-Bande, die viel Schabernack in der Schule und in der Nachbarschaft treiben würde, konnte sie sich nicht vorstellen.

Bei der Wahl der weiterführenden Schule hatte Julia gehofft, die beiden anderen loszuwerden, aber das hatte ihr das Schicksal nicht gegönnt. Eigentlich konnte sie froh sein, dass nicht aus einer anderen Grundschule noch eine weitere Julia hinzugekommen war.

Julia war fest entschlossen, bei der Namenswahl ihrer Kinder mehr Sorgfalt walten zu lassen. Es gab doch diese Listen mit beliebten Namen, und sie würde darauf achten, dass der von ihr gewählte Name nicht in den Listen der letzten drei Jahre auftauchte. Manchmal schrieb sie Listen mit möglichen Namen auf Schmierpapier oder auf die Rückseite ihrer Hefte, gebrauchte Umschläge und so weiter. Ihr Vater hatte sie damals gefragt, warum sie das machte, aber sie war ausgewichen. Eltern müssen nicht alles wissen.

Die Deutschstunde war einmal wieder so langweilig, dass sie emsig eine neue Namensliste verfasste. Sie hatte die Kandidaten so weit heruntergestrichen, dass für Jungen und Mädchen jeweils nur noch zehn Alternativen vorlagen. Das war doch schon einmal ein guter Ausgangspunkt!

Wenn sie drei Alternativen hätte, würde sie ihrem Mann auch noch das Gefühl vermitteln, dass er etwas zu sagen hätte.

Sie sah sich in der Klasse um. Da war niemand, den sie für würdig hielt, Vater ihrer Kinder zu werden. Die kuchenverschmähende Julia war immer noch superschlank, klapperte mit ihren Augenlidern und hielt sich für das Zentrum der Aufmerksamkeit aller Jungs. Pah, dachte Julia, soll sie doch. Von mir aus kann sie auch den blonden Max oder den lustigen Ahmed haben. Das waren bei den Mädchen die beliebtesten Jungs in ihrer Klasse. Sie waren auch wirklich superlustig, immer zu einem prima Streich aufgelegt. Ahmed hatte als Erster ein Smartphone gehabt, um das er von den meisten beneidet wurde. Nein, selbst die tollsten Jungs in der Klasse interessierten sie nicht.

Julia überlegte, eine neue Liste anzulegen, auf die sie alle Merkmale schrieb, die sie von ihrem zukünftigen Ehegatten erwartete. Die würde sie den Kandidaten vorlegen, und wer die meisten Kreuzchen an der richtigen Stelle machte, wäre quasi der Gewinner. Eine Übereinstimmung von fünfundneunzig Prozent müsste es schon sein, entschied sie. Das war fast wie Online-Dating, für das im Fernsehen Werbung gemacht wurde. Sie legte die Namen zur Seite und riss leise und vorsichtig ein Blatt aus dem Heft. Eine Überschrift gab sie ihrer Liste nicht, sonst kämen wieder lästige Fragen. Sie kaute auf dem Stift, während sie mit einem halben Ohr dem Unterricht lauschte. Das empfahl sich, wenn sie nicht eines Tages auffallen wollte. Und wie gut das war, denn der junge Referendar stellte ihr plötzlich und unerwartet eine Frage. Sie lächelte, ach, das wusste sie ... Der Referendar hatte sie auf dem Kieker, das hatte sie schon gemerkt. Er verdächtigte sie seit dem ersten Tag seiner Anwesenheit, dass sie nicht ganz bei der Sache war. Kontrollfreak, der! Aber erwischt hatte er sie nie. Damit hatte sie auch schon den ersten Punkt für ihre Liste:

„Soll mir keine Vorschriften machen". Es folgte „Soll mich toll finden", „Gutes Aussehen", „Lustig", „Spielt gern das Harry-Potter-AR-Spiel", „Findet meine Mutter total nett und meinen Vater auch", „Zieht mich nicht an den Haaren" und was ihr alles so einfiel. Nein, in dieser Stunde würde sie mit der Liste nicht fertig.

Es dauerte drei Wochen und bedeckte zehn Seiten in kleiner Schrift, bis die Liste vollständig war. Am Sonntag, als ihre Eltern bei einer völlig langweiligen Tante eingeladen waren, durfte Julia allein zu Hause bleiben. Ihre Eltern vertrauten ihr, außerdem konnte sie auf dem Handy anrufen, wenn irgendetwas nicht stimmte. Es war ein wunderbarer Nachmittag, sie war gern allein. Sie machte sich eine Tasse Trinkschokolade (kalt, das war einfacher), holte sich die Kekse aus der Küche, die ihre Mutter für sie zurechtgelegt hatte. Damit setzte sie sich an ihren Schreibtisch. Sie schaltete den Laptop ein, um über YouTube ihre Lieblingsmusik zu hören. Sie summte mit, während sie mit einem Rotstift sorgfältig ihre Liste überarbeitete. Sie machte an jeden Punkt, auf den sie nicht verzichten konnte, ein rotes Kreuzchen. Merkmale, die ihr beim zweiten Lesen doch nicht so wichtig vorkamen, strich sie mit einem schwarzen Stift durch.

Sie nahm sich Zeit. Die Sonne schien durchs Fenster auf den Schreibtisch und wunderte sich, was so ein nettes Mädchen an einem so herrlichen Tag freiwillig am Schreibtisch zu erledigen hat. Nach zwei Stunden war Julia fertig. Drei Punkte hatte sie schwarz durchgestrichen. „Muss mir jeden Tag eine Tüte Gummibärchen schenken", „Muss allein das Kind wickeln und anziehen" und „Großer Fleiß in der Küche". Die Gummibärchen würden nur ihre Figur auf Dauer ruinieren, und bei den beiden anderen Tätigkeiten könnte sie auch mal helfen. Obwohl Jungs bekanntermaßen in diesen Dingen extrem ungeschickt sind.

Die Liste war immer noch sehr lang. Sie kannte niemanden, weder aus ihrer noch einer der höheren Klassen, nicht aus dem Freundeskreis ihrer Eltern, der auch nur drei der Punkte erfüllen würde, die sie notiert hatte. Viele scheiterten einfach am guten Aussehen. Schiefe Zähne, weichlicher Mund, zu große Ohrläppchen, zu dünne Beine, zu komische Daumennägel, sie fand immer etwas. Sie kaute auf ihrem Stift, wie sie das so gern tat, wenn sie nachdachte. So schaute sie aus dem Fenster und beobachtete, wie Familien den Sonntagnachmittag für einen kleinen Bummel durch die Nachbarschaft nutzten. Ihre Gedanken waren bei der Liste. Und plötzlich hatte Julia die Lösung für all ihre Probleme, die Namen, den Mann. Sie nahm ein frisches Blatt kariertes Papier von ihrem Block. Und darauf schrieb sie in ihrer besten Handschrift als Überschrift, unterstrichen und größer als den Rest: „Lösung für Mann und Kind".

Sie machte einen Absatz und malte erst einmal viele Blumen an den Rand. Dann schrieb sie in den Blumenrahmen: „Ich werde nicht heiraten, ich werde keine Kinder bekommen, ich werde glücklich bleiben."

Als ihre Eltern zurückkamen, waren sie hoch erfreut, dass ihre in den letzten Wochen doch recht nachdenkliche und eher stille Julia wieder das heitere, gelöste Mädchen war, das sie vorher gekannt hatten.

Kraft Konrad

Seine Geschwister hatten alle normale Namen: Elisabeth, Christoph und Helena. Das waren nicht unbedingt die allermodernsten Namen, aber tragbar. Nur er stand mit dem Konrad außen vor. Was sich seine Eltern dabei gedacht hatten? Ob sie auf die ursprüngliche Bedeutung anspielen wollten, „Der kühne Ratgeber?".

Wie ein kühner Ratgeber verhielt er sich nicht. Konrad war stets zu Experimenten aufgelegt. Einmal hatte er die Fliesen reparieren wollen und einen eigens von ihm dafür ersonnenen Kleister verwendet. Seine Eltern nahmen es wie meist mit Humor, wenn seine Experimente etwas eigenwillig waren. Die ganze Familie kratzte an dem Kleister herum, bis das Bad wieder normal begehbar war. Der Nachbarin hatte der Vater einmal erklärt: „Das Jugendgefängnis ist nicht weit von hier, da haben wir uns vor dem Umzug gesagt, prima, dann haben wir es nicht so weit, wenn Konrad einmal dort untergebracht werden sollte."

Konrad war bis zur Pubertät ein bisschen pummelig, hatte einen rosigen Teint und blonde Locken. Das machte ihn für einige Erwachsene quasi engelgleich, was Konrad wiederum auszunutzen wusste. Man traute ihm nicht wirklich etwas Böses zu.

Bei einer für heutige Verhältnisse großen Familie mussten alle mit anpacken. Sein Vater, Chirurg, scheute sich nicht, wenn das neue Winterholz für den Kamin geliefert wurde, mitzuhelfen, die mannshohe Ladung in einem Wandregal außen am Schuppen zu verstauen. Dasselbe erwartete er von seinen Kindern. Manchen Nachmittag verbrachten der ältere Bruder Christoph und Konrad damit, Feuerholz zu stapeln. Die Mutter, eine kleine drahtige Ex-Krankenschwester, packte ebenfalls mit an und gab ihnen kurze Anweisungen. Gelegentlich unterhielten die Jungs sich bei diesen Arbeiten, ansonsten hörte Christoph gern Musik auf seinem MP3-Player, während Konrad seinen Gedanken nachhing. Dabei fielen ihm häufig neue Experimente ein, die er unbedingt demnächst durchführen müsste.

Für alle Arbeiten im und um das Haus gab es Dienst. Die Nachbarin schätzte Konrads Humor, und als sie eines Tages am Nachbarhaus vorbeiging, war er damit beschäftigt, den Bürgersteig zu fegen. Sie lächelte ihn an „Ach, Kinderarbeit? Die ist doch verboten!" Er verzog das Gesicht in künstlicher Überraschung und entgegnete „Da haben Sie Recht, da werde ich mich wohl einmal bei amtlicher Stelle beschweren müssen." Schneeschippen gehörte ebenfalls zu seinen Pflichten. Die kleine Elisabeth war davon befreit. Kaum konnte sie laufen, wollte sie gerne mitmachen, wie alle anderen sein. Konrad bastelte aus alten Plastik- und Metallresten eine winzige Schneeschippe für sie. Stolz schwang Elisabeth ihre Schneeschaufel und türmte mehr auf den Weg, als sie wegräumte. Sie war Konrad für seine Basteleien immer sehr dankbar.

Wie alle Kinder der Familie musste er ein Instrument lernen. Er hatte sich für Saxophon entschieden. Er benahm sich immer so, als seien ihm Üben und die Stunden lästig. Aber im Grunde fand er es cool (im Gegensatz zu den

Nachbarn, die vor allem seine anfänglichen Bemühungen bei wegen der sommerlichen Temperaturen geöffnetem Fenster nicht so überzeugend fanden).

Obwohl sich durch seine Heimatstadt kein Fluss schlängelte, ruderte Konrad mit Begeisterung. Daher erlaubten ihm die Eltern den Beitritt in einen Ruderclub, solange die Schulleistungen nicht darunter litten. Drei Jahre ruderte er dort und in dieser Zeit half er dem Club mit dabei, in eine Regionalklasse aufzusteigen. Dann verlor er das Interesse am Rudersport, die schulische Begegnung mit der Chemie und die Lust auf chemische Experimente hatten ihn gepackt. Trotz aller vom Vater auferlegten Vorsichtsmaßnahmen schaffte er es fast, das Haus mit der Familie in die Luft zu sprengen. Aber irgendwie war dann außer einem größeren Loch im Teppich alles Heile geblieben, eher ein Wunder, wie jeder Chemiekundige bleich erläuterte.

Frau Brockenroth, die Sekretärin des Ruderclubs, hielt immer noch Kontakt zu ihm. Sie hatte seine frech-nette Art, seine blonden Locken, sein cherubinähnliches Erscheinungsbild ins Herz geschlossen. Sie versuchte häufig, ihn davon zu überzeugen, dass er wieder mit dem Rudern anfangen solle: „Der Club würde sofort in die nächste Liga aufsteigen!"

Konrad, der wie jeder junge Mann Schmeicheleien gegenüber nicht immun war, wurde wieder aktiv. Er war nun Steuermann und fast jeder Samstag war gefüllt mit seinem sportlichen Hobby. Gelegentlich tauschte er kurze E-Mails mit Frau Brockenroth, die vor zwei Jahren in Rente gegangen war. Sie lächelte selbst über ihre kleine Schwäche für Konrad und wünschte sich so manches Mal, sie wäre einige Jahrzehnte jünger. Dieses spitzbübische Lächeln, da wäre sie sofort weich geworden. Hatte Konrad etwas von ihr gewollt, konnte sie ihm nie etwas verweigern, wenn er sie anlächelte.

Wie Frau Brockenroth es nicht anders erwartet hatte, nahm der Ruderclub den Aufstieg in die nächste Liga mit Bravour. Sie wusste genau, auf wen das zurückzuführen war. Als ehemalige Mitarbeiterin war sie zum Jahresabschlussfest eingeladen. Ihren Engel wiederzusehen, sie träumte. Seit sie in Pension war, hatte sich das Bild von Konrad bei ihr leicht verdichtet. Seine blonden sanften Locken waren in ihrer Vorstellung hellblond und kräftig gedreht, er glich mehr einem Cherub als einem Menschen. Sie wusste aber selbst, dass Bilder von Menschen sich ändern und rief sich den echten Konrad in Erinnerung. Jetzt war er schon ein junger Mann, sicher mit guter Figur vom vielen Rudern, mit den schönen Locken, seinem sanften Blick aus blauen Augen. Die Mädchen würden ihm reihenweise zu Füßen liegen. Sie schloss die Augen, träumen darf man auch als Rentnerin, solange man nicht erwartet, dass Tagträume wahr werden. Fünf Tage vor der Feier rief der Vorsitzende an. „Wir haben diese Saison nur mit Konrads Kraft so wunderbar gemeistert, Frau Brockenroth, Sie kennen ihn doch noch von früher. Möchten Sie ihm mit einer kleinen Ansprache den Pokal als Ruderer des Jahres in unserem Verein überreichen?"

Natürlich mochte sie. Sie bereitete eine meisterliche Rede vor, gespickt mit spitzbübischen kleinen Anmerkungen und Anspielungen an seine Streiche, vor denen er auch im Ruderclub nicht halt gemacht hatte, voller Hochachtung für ihren Konrad. Statt „nur mit Konrads Kraft" hatte sie sich die schöne Formulierung „kraft Konrad" überlegt. Er war so ein kluger junger Mann, er würde die Schönheit ihrer Formulierungen erkennen. Seine aus Bescheidenheit gesenkten langen blonden Wimpern über seinen blauen Augen würden sich voller Bewunderung heben, wenn sie diese Worte benutzte. Sie putzte sich fein heraus für diesen Tag, ging extra zum Friseur und ließ sich einen flotten Kurzhaarschnitt schneiden. Der Friseur versicherte ihr, dass sie damit um Jahre jünger aussah als mit dem Pagenkopf. Sie blieb auf dem Teppich natürlich, aber die Gedanken sind frei, und solange man mit beiden Füßen auf dem Boden steht, kann nichts passieren.

So stand sie an dem kleinen Rednerpult in der Aula des städtischen Gymnasiums. Sie war ein bisschen aufgeregt, ihre Wangen waren rosig. Es war so abgemacht, dass sie ein Zeichen geben würde, wenn Konrad zu ihr kommen sollte. So war es mit dem Vorsitzenden vereinbart. Es war bei diesen Feierlichkeiten üblich, dass als Zeichen galt, das Glas mit Wasser von links nach rechts schieben. Zum Proben war keine Zeit mehr gewesen, es war ja auch einfach genug. Sie hatte sich die Passage „kraft Konrad" zum Höhepunkt gesetzt, dann wollte sie das Zeichen geben. Ihr Blick glitt über die Menge, sie hatte Konrad noch nicht gesehen. Rechts saß eine Traube junger Menschen, diese üblichen etwas ungepflegten, groben Gestalten, die ordinären jungen Mädchen. Sie rückte die Brille zurecht. Ihre Stimme bebte leicht, als sie fortfuhr: „Und ich kenne Konrad schon viele Jahre und freue mich, dass ich ihm heute diese Ehrung überreichen darf. Der Verein weiß" (und dabei schob sie das Glas von links nach rechts), „dass nur kraft Konrad", und jetzt guckte sie erwartungsvoll hoch über ihren Brillenrand, weil sie ihn sehen wollte, bevor sie weitersprach.

Sie rückte ihre Brille mit einem Ruck ein Stück höher auf der Nase, näher an die Augen, weil sie nicht glauben wollte, was sie sah. Sie stockte mitten im Satz und starrte nur auf diese hagere Gestalt, die in diesen schrecklich grellfarbenen Sportklamotten auf die Bühne zugeschlurft kam. Sie sah keinen Glanz in seinen Augen, seine Gesichtsfarbe war nicht rosig. Am schlimmsten aber war, dass sie ihn kaum erkannt hatte: Er hatte die Haare komplett abrasiert, die goldenen Locken der Ewigkeit übergeben, sein Kopf sah aus wie ein ballrunder Totenschädel. Konrad schaute sie erwartungsvoll an, die Zuschauer ebenso. Es war still, sie sagte kein Wort. Jemand räusperte sich. Er stand ihr gegenüber und sah sie an, mit einem kühlen Blick. Darin war keine Besonderheit.

Nein, das wollte sie nicht ertragen. Sie nahm das Glas Wasser und schüttete es ihm ins Gesicht, sie schlug ihm das Manuskript über den kahlen Kopf, den er versuchte, mit den Händen zu schützen. Es gab kein Halten mehr für sie, sechs Mann mussten sie festhalten und fast aus dem Saal tragen. Sie schrie und weinte, bis der Notarzt kam und ihr eine Beruhigungsspritze gab. Der Vorsitzende wagte es nicht, seine Frau anzuschauen. Sie hatte gleich gesagt: „Diese Frau Brockenroth, mit der ist irgendetwas nicht in Ordnung, das kann alles recht peinlich werden!" Aber er hatte es besser zu wissen gemeint. Nun hatte er das Theater. Frau Brockenroth wurde auf eine Liege gelegt und mit einer Thermodecke zugedeckt. Und von der Liege aus, schon halb eingeschlafen, sah sie das Schlimmste: Die falsche Kopie von ihrem Konrad trocknete sich die Haare mit einem Tuch ab, neben ihm stand so eine Schlampe mit rückenlangen blonden Kraushaaren in einem kurzen Rock und einer Lederjacke, die ihn tröstend umarmte. Sie lehnte sich zurück. Das würde ein Nachspiel haben!

Laut Lea

Prolog

Wenn ich beim Pokémonspielen meine normale Runde gehe, komme ich an einer Einbahnstraße entlang, die gesäumt ist von Reihenhäusern auf der einen und Doppelhäusern auf der anderen Seite. Sie macht eine Biegung und in der Biegung und noch ein Stück weiter sind parallel zur Straße hintereinander Parkbuchten angelegt. Als ich gestern dort vorbeikam, stand ein grauer Kombi mit hochgeklappter Heckklappe dort. Ein Mann so Mitte dreißig packte Verschiedenes ins Heck. Aus dem offenen Wagen war die Stimme eines kleinen Mädchens zu hören, sie schluchzte wie eine Heulboje. Der Vater sagte etwas zu ihr, sie heulte, er sagte noch etwas, da jammerte sie laut: „Jetzt lass mich mal ausreden!"

Ich lachte. Es war so herrlich, wie ein kleines Kind (weit unter Grundschulalter, das war an der Stimme zu erkennen) einen solch gediegenen Satz von sich gibt. Wahrscheinlich hört sie ihn des Öfteren von ihren Eltern, wenn sie diese ständig mit ihrem Bojen-Gejammer unterbricht.

Laut Lea

Nele saß am Esstisch, sie ließ die Beine baumeln. Ihr Bruder Nick saß ihr gegenüber und kippelte mit dem Stuhl. Ihre Mutter sah Nick vorwurfsvoll an: „Würdest du bitte damit aufhören? Du weißt doch, dass uns das alle nervös macht." Nele guckte unschuldig von ihrer Mutter zu Nick und zu ihrem Vater. Ihr Vater schaute von der Zeitung hoch, strich sich den Kaffeeschaum von der Oberlippe und stimmte seiner Frau nickend zu. „Das geht wirklich so nicht, Nick. Stell dir vor, du arbeitest wie ich später in einer Anwaltskanzlei und kippelst dauernd mit dem Stuhl. Da wirst du deinen Job nicht lange haben. Bezüglich deines Benehmens musst du an dir arbeiten."

„Bezüglich" war so ein Wort, das ihr Vater häufiger gebrauchte als andere Menschen. Als sie ihre Mutter danach gefragt hatte, hatte diese gelacht, ihr über den Kopf gestrichen und geantwortet: „Das macht der Beruf, das färbt ab. Wir können schon froh sein, dass Papa nicht ständig so gestelzt redet." Und dann hatten sie zusammen gelacht.

Was Nele auch sehr beeindruckt hatte, war das Wort „laut". Sie kannte es sonst nur in dem Zusammenhang, dass sie zu laut war. „Sei doch nicht so laut, Nele, den Nachbarn fallen sonst die Ohren ab!", hörte sie oft genug. Aber nein, das andere laut war so ein schickes Wort. „Laut Frau Köttensieper", so sagte einmal ihre Mutter über eine Nachbarin, „muss man Kakteen im Winter kalt und trocken stellen, das ist für sie am besten." Auf der großen Fensterbank im Wohnzimmer stand eine Sammlung exotischer Kakteen. Nele hatte in keiner anderen Wohnung so viele stachelige Pflanzen gesehen wie bei sich zu Hause.

Als ihre Mutter dann eines Abends wieder herummeckerte, weil Nele ihre Spielkiste noch nicht ordentlich eingeräumt hatte, erprobe sie es zum ersten Mal. „Laut Lea ist es nicht gut für den Schlaf, wenn man vorher so viel aufräumt." Ihre Mutter schaute erstaunt hoch. Das Wort laut war ihr gar nicht aufgefallen, nur von Lea hatte sie noch nie gehört. „Wer ist denn Lea?" Nele war ein Kind mit Phantasie und antwortete prompt „Lea ist eine Aushilfslehrerin und meine Freundin." Da wollte die Mutter nicht widersprechen, schmunzelte und ließ es für diesen Abend gut sein. Man soll den besten Freundinnen seiner Töchter nicht widersprechen, wenn man in der Gunst der Töchter bleiben möchte.

„Laut Lea" wurde eine Lieblingsformulierung von Nele. „Laut Lea sind Kakteen die besten Zimmerpflanzen überhaupt." Alle nickten nur. Sie merkte schnell, dass sie es nicht übertreiben durfte. Sie war ein helles Köpfchen, Nick ordentlich nerven war okay, aber die Eltern nicht.

Der Übergang war fließend. Abends im Bett nach der Gute-Nacht-Geschichte von Papa und dem Gute-Nacht-Kuss von Mama wartete sie, bis sie allein war, keine Schritte oder Stimmen mehr zu hören waren. Dann unterhielt sie sich mit Lea, die ihr bereitwillig Auskunft bei allen Problemen ihres jungen Lebens gab. „Lea, ich kann mir noch immer nicht die Schuhe allein binden und bin schon in der zweiten Klasse, was soll ich tun?" Lea erklärte ihr Schritt für Schritt, wie es geht. Wichtig war, dass man zuerst die Bänder über Kreuz legt. Als ihre Mutter sich ein paar Tage später darüber mokierte, wie ihre Tochter ihre Schuhe verschnürte, meinte Nele nur: „Laut Lea ist das die optimalste Methode, um die Schnürsenkel festzumachen." Ihre Mutter seufzte, Nele war noch zu jung, um sich einen Vortrag darüber anzuhören, dass optimal bereits optimal und nicht steigerbar ist. Lea ging wieder einmal wegen einer anderen

Sache unter. So war das häufig bei Gelegenheiten, wenn laut Lea dies oder jenes falsch oder richtig war, immer gab es andere Dinge, die der Familie auffielen. Lea war bald eine Konstante. Ihre Mutter freute sich, dass ihre kleine Nele offenbar Freundschaft mit einer jungen Lehrerin geschlossen hatte. Ein bisschen schoss sie mit ihrer Lea-Verehrung über das Ziel hinaus, aber das würde sich schon wieder einrenken.

Wie Lea Neles Leben stärker und stärker beherrschte, sahen die Eltern nicht. Wie sie erwartet hatten, wurde das „laut Lea" seltener. Sie hörten nicht, wenn Nele nachts unter der Bettdecke ihrer Puppe den Hintern versohlte und ihr erklärte, dass dies laut Lea leider nötig sei, weil sie sich daneben benommen hatte. Der Übergang von der fröhlichen Nele zu einem eher stillen, nahezu verstockten kleinen Mädchen war fast unmerklich. Abends saßen die Eltern zusammen und sprachen über die Veränderung. „Was war denn der Auslöser?" „Ich weiß es nicht, hier ist doch gar nichts Besonderes passiert. Auch in der Schule, ich habe die Lehrerin gefragt, ist nichts außer der Reihe vorgefallen." Noch machten sie sich keine Sorgen, diese Wesensveränderung würde sich bestimmt genauso geben wie das „Laut Lea"-Gehabe.

Unmerklich wurde ihnen ihre Tochter immer fremder. Wenn ihre Mutter sie abends in den Arm nahm und ihr einen Gute-Nacht-Kuss aufs Haar drücken wollte, wurde Nele starr und zog sich zurück. Als das zum ersten Mal passierte, weinte ihre Mutter sich nachts in den Schlaf. Was war denn los? Wenn ein Elternteil ihr etwas sagte, legte Nele den Kopf schräg, so als wenn sie einer Stimme zuhörte, um dann meist mit einem „Nein, das mache ich nicht" zu antworten. An diesem Punkt angekommen, konnte sie keiner mehr umstimmen, weder durch gutes Zureden noch durch Schelte oder Strafmaßnahmen.

Das Leben mit Nele wurde bedrückend. Der fünf Jahre ältere Nick war komplett genervt von dem Getue um seine Schwester. Er war ein bisschen altklug und als Nele mit ihrer Antihaltung wieder einmal dabei war, die Stimmung der Familie beim Sonntagskaffee zu verderben, rief er ihr über den Tisch zu „Du bist doch nur eine Soziopathin!" Nicht etwa, dass er genau wusste, was ein Soziopath ist, aber es klang unangenehm und widerlich. Nele sah ihn mit ihren großen dunklen Augen an, legte den Kopf schräg. Sie dreht sich zu ihrer Mutter: „Laut Lea sollten wir den Wellensittich zum Tierarzt bringen und ihm den Hals umdrehen lassen." Es war totenstill im Zimmer, selbst der Wellensittich krakelte nicht. Dann lächelte Nele, es war ein kaltes Lächeln ohne Herz, sie drehte sich zu ihrem Bruder und sagte: „So etwas würde eine Soziopathin sagen." Was sie nicht aussprach, war die Einleitung „Laut Lea, sage ich dir: So etwas ...".

Nick sprang auf, tippte sich an die Stirn, „Das ist doch nicht mehr normal!", und stürmte aus dem Zimmer. Die Mutter rief hinterher: „Nick, nicht doch, du musst verstehen ..." Aber Nick wollte Nele nicht mehr verstehen. Die Mutter umarmte Nele, aber diese wurde wieder stocksteif und versuchte wegzurücken.

An diesem Punkt hätten die Eltern sich Hilfe von außen holen sollen. Aber sie glaubten immer noch, das würde sich auswachsen, das würden sie schon hinbekommen, es sei nicht so schlimm. Wann immer in der Nachbarschaft etwas Ungewöhnliches passierte, gab Nick sofort seiner Schwester die Schuld. „Sie hat die Katze von Frau Köttensieper die ganze letzte Woche schon so komisch angeguckt, und heute liegt die arme Katze mit verdrehtem Hals vor Frau Köttensiepers Haustür. Na, da sehe ich aber einen Zusammenhang!" Ihre Mutter konnte sich das nicht vorstellen. „Ach, Nick, warum musst du immer nur das Schlechteste von Nele denken?" Er sagte nichts, stürmte aus dem Haus und lief zu seinen Freunden, um Fußball zu spielen. Die Mutter klagte bei ihrem Mann, dass sie sich überhaupt nicht vorstellen könne, dass Nele so etwas Furchtbares tun würde, okay, sie ist ein bisschen still, manchmal schaut sie finster, „aber unser Kind ist doch nicht grausam!" Ihr Mann stimmte ihr zu, auch wenn er manchmal dachte, Nick hätte vielleicht gar nicht so unrecht.

Neles Schulleistungen waren stabil und gut. Sie war mit Ernsthaftigkeit bei der Sache. Bei ihren Mitschülern war sie nicht mehr beliebt. Sie wurde gemieden, ihr machte das anscheinend nichts aus. Als die Klassenlehrerin beim Elternsprechtag mit den Eltern das Gespräch darüber suchte, blockte Neles Mutter das ab. „Das ist nur eine schwierige Phase, das geht bald vorbei."

Katzen und Hunde verschwanden in der Nachbarschaft. Einmal, Nele war so etwa siebzehn, verschwand ein kleiner Junge mehrere Tage. Als man ihn drei Tage später im Wald wiederfand, konnte er nichts darüber sagen, wer ihn dort hingebracht hatte. Er murmelte etwas von einer Lea, und dass er ständig gefroren habe und geschlagen worden sei. Wer das war? Er wusste es nicht, es war dunkel gewesen.

Auch sonst machte er einen verstörten Eindruck. Neles Mutter tröstete die Eltern von Kevin: „Unsere Nele hatte mal so eine Zeit, das ist schon einige Jahre her, da musste auch eine Lea für alles herhalten. Das wird sich bei ihrem Kevin sicher genauso auswachsen wie bei unserer Nele", dabei lächelte sie Kevins Mutter freundlich an. Kevins Mutter dachte: „Um Himmels willen, wenn eine Lea-Phase aus einem netten kleinen Mädchen so eine unsympathische Gestalt machen kann ... nein, danke!"

Nele sprach abends im Bett immer noch mit ihrer Puppe. Nick, der nur noch selten nach Hause kam, versuchte mit seinen Eltern darüber zu sprechen, dass es für eine Achtzehnjährige keineswegs normal ist, Puppen zu haben. Aber seine Mutter beschwichtigte ihn: „Jedes Kind hat das Recht auf seine eigene Zeit, um groß zu werden!" Nele zog sich immer zurück, wenn Nick nach Hause kam. Wenn sie ihm begegnete, starrte sie ihn aus ihren großen dunklen Augen an, ohne seinem Blick auszuweichen. Er fand das unheimlich, obwohl er schon erwachsen war. Er hatte ursprünglich geplant, übers Wochenende zu bleiben, denn er hing an seinen Eltern. Aber ihr Blindheit der Schwester gegenüber konnte er nicht ertragen. Wie sie ihre Eltern auf ihre dunkle Weise herumkommandierte, machte ihn zornig und traurig zugleich.

Er würde nächstes Wochenende wiederkommen, dann würde er aber wirklich ein ernstes Wort mit seinen Eltern reden. Irgendwas war mit seiner Schwester ganz, ganz falsch, das war mit Elternliebe nicht mehr zu retten. Ja, er würde sich diesmal gegen seine Eltern durchsetzen und darauf dringen, dass sie mit Nele einen Arzt aufsuchten.

In der Woche hörte er nichts von seinen Eltern, aber das war manchmal so. Nick war so im Prüfungsstress, dass er es nicht wahrnahm. Ein paar Mal hatte er angerufen. Da nie jemand ans Telefon ging, hinterließ er auf dem Anrufbeantworter eine Nachricht, dass er Samstagnacht nach Hause käme. Er schaffte es aber mit ein bisschen Glück, noch den Nachmittagszug zu erwischen, da ein Kommilitone ihn mit dem Auto zur nächsten Großstadt mitgenommen und sogar an den Bahnhof gebracht hatte.

Als er daheim ankam, war das Haus in friedliches Sonnenlicht gebadet. Die Vögel zwitscherten, es war Zeit, dass der Garten einmal gerichtet wurde. Merkwürdig, sein Vater ließ es sich sonst im Sommer nie nehmen, den Rasen häufiger zu mähen, als von Fachleuten empfohlen war. Er schloss die Haustür auf und hörte eine Stimme, sie kam aus der Küche. Er zog die Luft ein. Es roch irgendwie ... unangenehm. So wie es letztlich in der Mensa gerochen hatte, als altes Gammelfleisch zu lange im Kühlraum gelegen hatte – zum Glück war der Skandal in letzter Minute aufgedeckt worden. Er ging vorsichtig zur Küche, was war hier los? Die Küchentür stand einen Spalt offen und er erkannte die Stimme seiner Schwester.

Sie saß am Tisch, hatte sich Zwieback in eine Flüssigkeit gebröckelt, Milch oder Obstbrei. Sie aß davon, Löffel für Löffel und dann führte sie den Löffel zum Mund ihrer Puppe. Deren Gesicht war völlig mit altem und frischem Essen verschmiert. „Du musst essen, das ist wichtig, laut Lea kann kein Mensch ohne Essen leben." Nick zog die Luft ein, sein Instinkt sagte ihm – Lauf weg, hör nicht zu! Aber gleichzeitig ließ ihn das Grauen auf der Stelle stehen bleiben. Er sah Neles Profil. Ein perfektes Profil, das kein Bildhauer hätte ebenmäßiger formen können, gleichzeitig hart und unnahbar wie immer. Ab und an verzog sie den Mund mechanisch zu einem kalten Lächeln. „Meine Liebe, meine Süße, laut Lea, das habe ich dir jetzt schon mehrmals erklärt, ist es nicht gut, wenn Eltern ihren erwachsenen Kindern widersprechen wollen." Sie rührte mit dem Löffel im Suppenteller. Neben ihr stand ein Stapel von fünf oder sechs Suppentellern, unordentlich schräg aufeinandergestapelt, da die Löffel jeweils noch darin lagen. „Laut Lea darf ich mich wehren, wenn eine Katze mich ärgert." Sie rührte und starrte in die Ferne. „Laut Lea muss ich kleine Jungs und Mädchen bestrafen, die auf der Straße böse Sachen hinter mir herrufen." Sie hob den Teller zum Mund und zog den Rest mit einem lauten schlürfenden Geräusch ein. Nick versuchte vergeblich, im Halbdunkel etwas zu erkennen. Seine Schwester brabbelte weiter, manches unverständlich. Er wollte sich gerade vorsichtig auf den Rückzug begeben, als sie wieder gut verständlich war: „Laut Lea war es wichtig, dass ich meinen Eltern endgültig klarmache, dass sie Nick nicht länger verteidigen dürfen, sie wollten einfach nicht einsehen, dass Nick ein Soziopath ist." Sie klopfte einen Rhythmus mit dem Löffel auf den Tisch. „Laut Lea musste ich sie bestrafen, und laut Lea ist es ganz wichtig, dass ich gleich hinter der Eingangstür stehe, wenn Nick vom Bahnhof kommt, und seine Strafe unweigerlich vollziehe. Laut Lea ist das schon lange fällig." Mit diesen Worten umklammerte sie ein großes Messer, das auf dem Küchentisch neben ihr lag und dessen Klinge mit einer braungetrockneten Masse verschmiert war.

Mit Martin

Martin ist ein guter Name für einen älteren Freund. Mit dreizehn muss man einen Freund haben, und wenn sich keiner der Jungs, die man kennt, für einen interessiert, backt man sich seinen Martin eben selbst. Mit Martin ist die ganze Welt für eine Dreizehnjährige rund und perfekt.

Sie begann, sich Martin auszumalen. Er war Ende dreißig, wie aufregend! Er sah gefährlich aus, so ein Hauch Gefährlichkeit ist ungeheuer sexy. Das weiß man aus dem Internet und den entsprechenden Zeitungen. Martin klingt zwar nicht gefährlich, aber das ist ein Vorurteil. Sie hatte eine genaue Vorstellung, wie Martin aussah – blendend natürlich. Er war Professor für Architektur, mittelgroß, schlank, er besaß eine klassische gerade Nase, perfekte Zähne, graue Schläfen. Kein Bart, das kitzelt! Sie kicherte, das hatte sie in einem Roman aus dem Supermarkt gelesen. Sie las eine Menge.

Nachmittags traf sie sich gelegentlich mit Martin. „Darf ich mit Martin ein Eis essen gehen?", fragte sie ihre Mutter. „Wer ist Martin?" „Ach, ein Freund ...". „Okay, aber sei bitte um vier Uhr wieder hier!"

Sie war pünktlich zurück. Es war so aufregend gewesen. Sie lief sofort zu ihrem Tagebuch. Darin hielt sie jede Begegnung mit Martin akribisch fest. Nein, sie war nicht verrückt, sie wusste genau, dass es keinen Martin gab und dass er eine Erfindung für sie war, der ihr den grauen Alltag etwas spannender gestaltete. Aber das funktionierte nur stimmungshebend, wenn sie Tagebuch dazu führte.

Sie wusste auch, dass ihre Eltern ihr Tagebuch niemals lesen würden, deshalb konnte sie ihm ihre wildesten Fantasien anvertrauen. Gut, dass das niemand liest, kicherte sie, derjenige würde mich echt für eine verruchte Nummer halten. „Verrucht" kannte sie aus den alten Georgette-Heyer-Romanen, die sie bei ihrer Großmutter gelesen hatte. Ach, das waren Männer nach ihrem Geschmack. Erst hassten sich die beiden gutaussehenden Protagonisten, aber dann verfiel der – meist um Jahre ältere, attraktive – männliche Part der jüngeren wunderhübschen Frau mit dem glockenhellen Lachen. Sie hatte dieses Lachen ausprobiert, hmmm, das passte aber überhaupt nicht zu ihr. Sie las auch andere Bücher. Und sie schrieb über sich und Martin. Sie hatte eine sehr ausufernde Fantasie, die Pubertät ließ die Hand über die Seiten fliegen.

Martin, der gut aussehende Mann, hatte ihr die Liebe beigebracht. Er hatte sie ausgezogen, dann hatten sie sich im Wald geliebt, auch in einer Umkleidekabine im Kaufhaus. Sie ließ keine Einzelheit aus, fand sie. Dann aber war ihr das zu romantisch. Sie begann ein neues Tagebuch. Martin sah immer noch atemberaubend gut aus, aber deutlich grober, nicht so rücksichtsvoll. Er vergewaltigte sie halb im Wald (für diese Szene musste sie sich erst ein wenig im Internet einlesen). Dann machte er sie gefügig, schenkte ihr alle möglichen Dinge, aber es war immer jede Menge Sex dabei.

Das Leben mit Martin war enorm aufregend, vor allem weil sie manchmal mit ihm Eis essen ging. Dieses Verbinden ihrer reinen Fantasie mit kleinen Tageslügen machte alles so megacool. Zwischendurch ließ sie auch bei ihren Freundinnen kleine Bemerkungen über Martin fallen. Die fanden das genau wie sie sehr aufregend.

Sie ging gern im Wald spazieren und dachte sich dabei weitere Martin-Geschichten aus. Ach, das war so ... geil würde man wohl sagen. Wie sie sich an diesem Tag verlaufen hatte, wusste sie hinterher nicht mehr. Plötzlich stand sie an einer Stelle, die sie nicht kannte, von der sie weder vor noch zurück wusste. Sie lief planlos durch die Gegend, nichts. Handy und die Eltern anrufen? Nee, das war nicht cool. Mit dem Navi kam sie nicht zurecht, nicht im Wald. Dann war das Handy ganz unbrauchbar. Sie war in ein Funkloch geraten, so ein Mist. Sie war schon eine Stunde überfällig, es wurde langsam dämmrig, und trotz ihrer persönlichen Reife biss sie sich auf die Unterlippe, um nicht zu weinen. Sie überlegte schon, was sie essen könnte, als sie plötzlich Schritte hörte. Ein Förster? Keine Ahnung. Sie wusste nicht, ob sie sich freuen sollte oder besser Angst haben.

Weglaufen, stehen bleiben? Sie konnte sich nicht entscheiden. Und da hatte er sie auch schon gesehen, es war ein Mann. Puh, wie blöde, sowas würde ihr nicht noch einmal passieren, das schwor sie sich, wenn sie wieder allein spazieren ginge. Immer nur auf bekannten Wegen bleiben. Der Mann sah sie an und lächelte: „Na, was machen Sie denn hier, junge Dame?" Sie wollte erst etwas Freches sagen, dann eine arrogante Lüge, aber irgendwie sah er freundlich aus, nicht wie ein Lustmörder und so sprach sie einfach die Wahrheit aus: „Ich habe mich total verlaufen, ich weiß nicht mehr, wo ich bin. Ich habe Angst, dass ich über Nacht im Wald bleiben muss." Trotz der nahenden Dämmerung zwischen den dunklen Bäumen sah sie ihn lächeln. „Okay, pass auf, ich kenne mich hier aus, ich gehe hier seit vielen Jahren spazieren. Ich bringe dich zur nächsten Straßenbahnhaltestelle, bist du einverstanden?" Er sagte zum Glück nicht so etwas wie „Hab keine Angst, ich tu dir nichts". Sie wusste ja aus ihrer Lektüre, dass nur Mörder so etwas Beruhigendes sagten.

So streiften die beiden durch den Wald. Er bot ihr sogar seine Wasserflasche an, die sie dankbar annahm. Er fragte sie nach ihrem Namen, sie sagte ihn und fragte zurück: Wie heißen Sie? „Du kannst mich ruhig duzen, ich heiße Martin." Da musste sie doch ziemlich laut lachen. Martin war nett, aber überhaupt nicht der Traumprinz ihres Tagebuchs. Größer, mit einem ruppigen Bart, buschigen Augenbrauen über den freundlichen Augen. Ein bisschen wie ihr Onkel Rupert. „Warum lachst du? Ist etwas mit meinem Namen?" Sie nickte, „Ich habe ein paar Geschichten geschrieben, da kommt ein Held vor, der heißt Martin." „Na, sowas", er lachte mit ihr. Sie unterhielten sich angeregt: Sie erzählte ihm von ihren Eltern, ihrem kleinen Hamster, der Schule. Irgendwie war er jemand, dem man vertrauen konnte. Aber nicht zu viel, über ihren Martin berichtete sie nur spärlich, vor allem nicht, na ja, von jenen Szenen. Er erzählte auch ein bisschen von sich, er war Lehrer an einem Gymnasium. Sie wunderte sich, dass Lehrer so nett sein konnten.

Es war ein langer Weg, sie hatte auf dem Hinweg gar nicht bemerkt, wie weit sie gegangen war. Kurz vor der Haltestelle war ein Park. „Sollen wir uns erst noch ein bisschen setzen und du kannst dich erholen, bevor du nach Hause fährst, damit du nicht so abgehetzt aussiehst, als wärst du vor dem Teufel davongelaufen?" Es war toll mit

Martin. Sie setzten sich auf die Bank und unterhielten sich. Er wusste unheimlich viel, war für so einen alten Mann richtig lustig. Nicht so einsilbig wie Onkel Rupert. „Jetzt muss ich aber wirklich gehen", zu Hause anrufen ging nicht mehr, Akku leer, wie das immer so ist. „Klar", antwortete Martin, „sonst sorgen sich deine ...". Weiter kam er nicht mehr. Von der anderen Seite kam schreiend ihre Mutter gelaufen „Mein Kind, mein Kind ... bist du in Ordnung?" Ihr Vater griff Marin rau am Arm und donnerte los: „Sie sind bestimmt Martin, oder?" Martin schaute von einem zum anderen, „Ja, ich heiße Martin." „Sie Lüstling, sie altersgeiler Bock, lassen Sie die Hände von meiner Tochter! Wir haben alles gelesen, was sie unserem unschuldigen Kind angetan haben."

Das war der peinlichste Tag in ihrem Leben gewesen. Konnte sie wissen, dass ihre Eltern sich in ihrer Sorge dann doch über ihr Tagebuch hergemacht hatten? Erst auf der Polizeidienststelle konnte alles geklärt werden. Martin war sauer und verabschiedete sich nicht einmal von ihr. Sie hoffte nur, dass er nie an ihre Schule versetzt würde.

Neben Nils

Katharina saß am Schreibtisch, der Laptop stand aufgeklappt vor ihr. Sie hatte bereits eine Datei geöffnet, der Cursor blinkte erwartungsvoll am Anfang eines neuen Absatzes. Sie war schon gut vorwärtsgekommen, das Thema „Bio-Zertifizierung und Preisgestaltung" hatte sie sich selbst für die Bachelor-Arbeit ausgesucht. Die Dozentin war begeistert, als sie es vorgeschlagen hatte.

Sie hatte sich reichlich Literatur besorgt und Bio-Firmen einen Fragebogen zugeschickt, den sie selbst entwickelt hatte. Bei der Bewertung der einzelnen Fragen hatte ihr die Dozentin geholfen. Bei Versenden der Fragebogen hatte sie auch immer gleich gefragt, ob sie einmal vorbeikommen könnte, um einige Dinge persönlich in Augenschein zu nehmen und die Antworten auf dem Fragebogen gegebenenfalls zu besprechen. Die großen Namen hatten alle zugesagt, sowas ist Teil von PR. Gestern hatte sie dann den ersten Gesprächstermin, ein Herr Dr. Vincent Müller-Schubsteg hatte sie zum Gespräch eingeladen. Sie war mächtig aufgeregt und hatte lange überlegt, wie sie dort auftreten solle. Jugendlich-sportlich in Jeans und Sneakern, mädchenhaft elegant mit Rüschenbluse in eine Stoffhose gesteckt oder Femme fatale in kurzem Rock? Sie hatte das gedanklich mehrmals durchgespielt. Es war deshalb wichtig, weil sie bei ihren Gesprächspartnern in Erinnerung bleiben wollte. Nach Erreichen des Bachelors wollte sie gerne bei einer dieser Firmen anfangen. Sie war vom Biogedanken überzeugt, und wer kam schon ohne sie aus? Sie musste immer etwas lachen über diese arrogante Denkweise, hinter der sie nicht wirklich stand, die aber mit dem Studium quasi eingeimpft wird.

Kathrin entschied sich gar nicht, sondern griff am nächsten Morgen, ohne zu überlegen, zu den Sachen, in denen sie sich wohlfühlte. Sie hatte einmal eine Typberatung belegt, seitdem hielt sie sich an die Farbvorgaben und Ähnliches. Sie hatte sogar einen Farbfächer zu Hause, auf dem sie im Zweifelsfall immer ablesen konnte, ob dies die richtige Farbe für sie war und ob sie richtig kombinierte. Seitdem fühlte sie sich deutlich sicherer bei der Kleiderwahl. Es gab kein Kleidungsstück mehr im Schrank, das nicht konform war. Schwarzer Blouson mit grau abgesetzten Ärmel-umschlägen und Kragen, dazu eine fast neue hellgraue Jeans, ein taubenblaues T-Shirt mit Pailletten, die ein abstraktes Muster ergaben. Bloß kein Herz, keinen Toten-kopf oder gar ein dämlicher Spruch. Sie hatte sich außer-dem sorgfältig geschminkt: dezent und in den Tönen, die zu ihr passten, so wie sie das im Kosmetik-Coaching gelernt hatte. Sie schaute in den Spiegel: modern, forsch, aber nicht frech oder gar zu ausgefallen, aber auch keine graue Maus. Sie steckte eine rote Brosche ans Revers, um frische Farbe in ihr Erscheinungsbild zu bringen, aber trägt man über-haupt noch Broschen? Im Coaching für „Finde dein rich-tiges Outfit" hatte man von Broschen ganz allgemein ab-geraten. Im Intuitionstraining wiederum hatten sie ihr er-klärt, dass allein zählt, wie sie sich fühlt, und das überträgt sich auf die anderen. „Na, hoffentlich nicht!", dachte Katharina und musste schmunzeln. Sie fühlte sich wie ein Ferkelchen, das zum Schlachthaus befördert wird.

Getreu den Devisen des positiven Denkens hatte sie sich schon morgens beim Zähneputzen zwanzig Mal ihr Mantra vorgesagt, oder eher gedacht: „Es wird ein Supertag, ich bin überzeugend und charmant, die Umfrage wird super laufen und später wird man mir einen Job dort anbieten."

Katharina war mit sich und der Welt zufrieden. Nur nicht so ganz mit der roten Brosche. Hmmm. Vielleicht lieber eine rote Bluse? Aber in der blauen Seidenbluse fühlte sie sich so absolut wohl und das hatten alle Coaches ihr gesagt: „Fühle dich wohl, bei allem, was du tust. Rot ist die Farbe der Aggression, aber auch der Aktion". Hmmm, wo noch etwas Rot unterbringen? Schließlich gab sie auf. Es musste ohne Rot gehen.

Für ein Bio-Unternehmen war das Hauptgebäude schon recht luxuriös. Aber das war ein Überbleibsel ihrer elterlichen Erziehung, dass auch sie dachte, Bio müsse immer mit Natur und Einfachheit eng zusammenhängen. Sie hatte genug Erfolgsseminare hinter sich, um zu wissen, dass Erfolg unabhängig von der moralischen Ausrichtung sein muss, sie ist nur das Tüpfelchen auf dem i. Katharina schritt zur Rezeption, die junge Dame dort schaute auf und lächelte sie an. Ein Bio-Lächeln sicher. „Was kann ich für Sie tun?" Katharina räusperte sich: „Ich habe um 15 Uhr einen Termin mit Dr. Müller-Schubsteg."

„Ach Sie sind Katharina? Vincent hat eine kleine Nachricht für Sie hinterlassen," Katharina war etwas konsterniert wegen all der Vornamen. Die junge Frau an der Rezeption trug „Marie" auf dem Namensschildchen und sah den irritierten Blick von Katharina. „Stil des Hauses, wir nennen uns beim Vornamen. Sozusagen Bio im Umgang miteinander." „Aha ..."

„Also, Vincent kann heute leider nicht, aber Nils, sein Assistent, wird das Gespräch übernehmen, er kennt sich genauso gut aus." Marie drückte auf ein Knöpfchen, hob den Telefonhörer „Nils? Katharina ist da!" Sie nickte Katharina zu: „Er kommt gleich".

Katharina war etwas irritiert. So einfach jemandem quasi vor der Tür absagen, ist nicht wirklich guter Stil. Und so ein Assistent ... er würde sie sicher auch nicht für einen Job vormerken können.

Ein Mann kam aus dem Aufzug auf sie zu, das konnte nur Nils sein, denn er schritt so zielstrebig auf die Rezeption zu. Er war nicht besonders groß, ein bisschen zu kräftig ihrer Vorstellung nach. Salopp gekleidet, aber teuer (das war bestimmt ein Naturseidenpulli!) und mit Geschmack. Sein Lächeln war überwältigend, seine braunen Augen strahlten viel Wärme aus. So etwas hatte Katharina noch nie erlebt, sie war sonst eher zurückhaltend in ihren Gefühlen. Bei Nils war das alles vorbei, sie wusste: Neben Nils konnte keiner bestehen. Vom Rest des Nachmittags wusste sie später nicht mehr viel, Nils hatte ihr auf seine intensive Weise, leicht vorgebeugt, zugehört und sie immer bestärkt. Es war wundervoll.

Es dauerte nicht lange, und sie waren ein Paar. Nils versicherte ihr, dass gar kein Zweifel daran bestehen könne, dass sie den ersehnten Job in der Firma bekommen würde. „Stell dir vor, wir würden uns jeden Tag sehen!"

Er machte ihr zahlreiche Komplimente für ihren guten Geschmack, ihr selbstsicheres Auftreten (das war ihr selbst noch nie aufgefallen), für ihre Herzenswärme, ihre Leidenschaft, ihre Klugheit. Es war wie im Schlaraffenland der Liebe.

So gingen ein paar Monate ins Land, den fast zugesagten Job hatte Katharina nicht bekommen, aber einen anderen. Sie verdiente genug, die Arbeit war prima und mit Nils war alles wunderbar. Dann bekam er von Vincent, so erzählte er, das Angebot, sich in der Firma stärker zu engagieren, was aber auch eine finanzielle Beteiligung bedeuten würde. Die könnte er sich nicht leisten. Während er das berichtete, hielt er Katharinas Hände zwischen den seinen. Seine samtbraunen Augen schauten so traurig aus, dass sie ihm von sich aus anbot, ihm Geld zu leihen. „Nein, meine liebe Katharina", flüsterte er ihr ins Ohr, während er sie im Arm hielt, „das kann ich nicht zulassen." Aber er ließ es zu: Sie gab ihm das Geld für die Firma, Geld für sein neues Auto (das musste standesgemäß sein, er konnte kaum in einer alten Nuckelpinne zum Kundenbesuch fahren), Geld für seine maßgeschneiderten Anzüge („Vincent erwartet das irgendwie"). Ihr Gespartes war schon lange dahin, sie hatte einen Kredit, nein: zwei Kredite aufgenommen, für die sie das Häuschen ihrer Eltern als Sicherheit einsetzte. Alles das tat sie gern und mit Freude, Nils konnte sich so freuen und so dankbar zeigen!

Das Geld wurde knapper. „Nils, sollten wir vielleicht mal ein Seminar besuchen, wie man besser mit Geld umgehen kann?" Nils sah sie entsetzt an: „Aber mein Engel, so etwas brauchen wir doch nicht, du wirst sehen, in ein paar Tagen ist der Engpass vorbei! Oh, übrigens, hast du noch ein paar Euro für mich? Ich habe ein paar Kollegen versprochen, mit ihnen einen trinken zu gehen. Wichtig fürs Betriebsklima, so als Teilhaber, weißt du?" Sie seufzte, das waren ihre letzten fünfzig Euro in diesem Monat und davon hatte sie eigentlich ihrer Mutter ein Geburtstagsgeschenk kaufen wollen. Aber Nils war immer so überzeugend und so dankbar!

In der Biobranche machen Klatsch und Tratsch genauso schnell die Runde wie anderswo. Und wie es immer so ist, war Katharina die Letzte, die erfuhr, dass sie erstens nicht die einzige dumme Pute gewesen war, die Nils ausgenommen hatte, sondern dass er jetzt häufig turtelnd mit Marie gesehen wurde. Sie kochte. Aber er war einfach so süß, wenn er nach Hause kam. Was zugegebenermaßen recht selten geworden war. Neben Nils und seinem Charme konnte niemand bestehen.

Da sie so viel Zeit hatte, besuchte sie das Finanzierungsseminar allein. Was sie dort lernte, beunruhigte sie etwas. Sie ging zu Hause die Kreditverträge durch. Alles auf ihren Namen! Ihr wurde ein bisschen übel. Aber Katharina wäre nicht Katharina gewesen, wenn sie nicht irgendwann aufgewacht wäre. Auch wenn ihr klar war, dass sie ihr Geld kaum je wiedersehen würde und noch viele Jahre an den Krediten abbezahlen müsste, nein, von Nils hatte sie genug.

Sie räumte seine Habseligkeiten (die Wohnung war zum Glück auf ihren Namen gemietet) in zwei Kartons, stellte sie auf die Straße und schrieb ihm eine Nachricht „Dein Dreckszeugs steht auf der Straße. Du holst es am besten bald ab, es sieht nach Regen aus."

Sie schaute nicht aus dem Fenster, sie würde es nicht ertragen können, ihn zu sehen. Die Gefahr, dass er zum Fenster hochschauen und ihr zuwinken würde, nein, da konnte sie sich ihrer selbst noch nicht sicher genug sein.

Sie wusste, er würde kommen, die Kisten abholen und nochmals versuchen, sie umzustimmen. So gut kannte er sie nicht, dass er den Punkt erkannt hätte, wann bei ihr endgültig der Ofen aus war. Sie suchte sich in YouTube ein paar stimmungshebende Lieder heraus, mit viel Rhythmus und Gefühl und drehte den Lautstärkeregler möglichst hoch. Sie wollte das Klingeln nicht hören. Um 19:40 Uhr war es ihr so, als hätte sie doch etwas gehört. Aber sie rückte nur die Kopfhörer zurecht. Sie rief eine Suchmaschine auf und tippte ein „Coaching, Trennung, Trauerverarbeitung". Eine lange Liste wurde ihr angezeigt. Sie schränkte die Suche ein, indem sie zusätzlich ihre Heimatstadt eingab. Dann hatte sie gefunden, was sie suchte: „Selbstbewusst nach meiner Trennung – du bist das Wichtigste in deinem Leben". Das Seminar lief über zwei Samstage hier in der Stadt, im Opernhaus, sie musste nicht einmal eine Übernachtung buchen. Der Preis inklusive Verpflegung war für diesen bekannten Beziehungscoach wirklich human. Die dreitausend Euro könnte ihre Mutter ihr sicher ein letztes Mal leihen, auch wenn sie dafür den Bernsteinschmuck der Großmutter verkaufen müsste. Sie schaute sich ein paar Videos mit dem Beziehungscoach an. Sie war von den Socken. So wunderbare blaue Augen, sie war wie verzaubert. Das Anmeldeformular fand sie schnell. Ein Leben ohne Seminare, ohne Coaching – langweilig und erfolglos.

Ohne Olga

Sie trafen sich einmal in der Woche, und das schon seit über dreißig Jahren. Marlene und Henriette kannten sich einige Jahre länger, sie hatten zusammen die höhere Handelsschule besucht. Marlene überlegte, ob es diese Einrichtung heute wohl noch gäbe. Schreibmaschine schreiben hatten sie auf mechanischen Maschinen gelernt, die Handgelenke litten. Stenografie gehörte damals ebenso ins Programm. Sie trugen Trevira-Faltenröcke und Pullis mit eingelegten falschen Kragen. Sie waren so um die zwanzig Jahre alt, eine Mischung aus verrückt und ehrgeizig. Die beiden hatten damals schon angefangen, sich jede Woche mindestens einmal auch abends zu treffen. Tagsüber hockten sie sowieso gemeinsam an den Pulten.

Einige Jahre später schlug Marlene vor, zwei ihrer Kolleginnen aus dem Büro mitzubringen. „Die passen gut zu uns, wir könnten dann Skat oder Rommee oder sowas spielen." Ingelore und Annegret passten gut in die kleine Runde. An Henriette nagte es etwas, dass beide Neuzugänge eine Empfehlung von Marlene waren. Nach wenigen Wochen schlug sie daher vor, dass sie auch jemand Nettes kennen würde, der prima zu ihnen passte. Skat zu fünft ist natürlich nicht möglich, aber Mensch ärgere dich nicht oder Stadt-Land-Fluss? Und so kam Olga ebenfalls in die muntere Runde.

Sie gingen gemeinsam durch die Jahrzehnte, lernten Männer kennen, heirateten, hatten Kinder, Enkel, waren vielleicht auch wieder allein. Marlene hatte nah am Wasser gebaut und begleitete viele Erzählungen mit ihren Tränen, Henriette versuchte stets, den Sinn hinter allem zu sehen. Ingelore lachte über alles, Annegret war sich unschlüssig, wie sie etwas einschätzen sollte, und Olga kommentierte alles mit ihrem bissigen Sarkasmus, der bei den anderen häufig Gelächter auslöste. Ihr Mann war früh gestorben, nach einer zweiten Beziehung stand ihr nicht der Sinn und so brachte sie ihre beiden Kinder in einer Zeit alleine durch, als es den Ausdruck „alleinerziehende Mütter" noch nicht gab. Was nicht heißt, dass es damals einfacher war, im Gegenteil. Sie war stolz darauf, dass es ihre Kinder zu etwas gebracht hatten. Der Sohn war Zahnarzt mit einer gutgehenden Praxis in der Kreisstadt, ihre Tochter hatte ein florierendes Steuerberatungsbüro. Auch ihre Enkel hatten mittlerweile alle Abitur und studierten. Olga war sehr großzügig dabei, die anderen an ihrem Glück teilhaben zu lassen.

Die anderen Damen hatten auch wohlgeratene Kinder, fanden sie schon. Aber was ist ein Blumenladen, ein Friseurgeschäft, eine Pommesbude, eine Dachdeckerei, ein kleiner Installateursbetrieb, der Job als Verkäuferin in einer Boutique verglichen mit diesen erfolgreichen Menschen? Mit den Jahren entwickelten die Vier eine gewisse Antipathie gegen Olga, die nie mit Fotos und Anekdoten sparte. Erzählte eine der anderen Frauen stolz von Kindern, Mann oder Enkeln, wusste Olga dem ganzen ein wenig die Farbe zu entziehen. Dies war der feinsinnigen Marlene immer aufgefallen, und sie bemerkte, wie sich dieser Trend verstärkte.

Manchmal fragte sich Marlene, warum sie sich überhaupt noch trafen. Die Atmosphäre war mit den Jahren immer unschöner geworden, die giftigen Bemerkungen nahmen überhand. Wenn sie versuchte mit Henriette, Ingelore oder Annegret darüber zu sprechen, zeigten diese – zumindest nach außen hin – kein Verständnis. „Aber Marlene, es ist doch alles prima, wir haben so viel Spaß!"

Marlene hatte nicht mehr viel Spaß. Wann immer sie etwas erzählte, wusste sie schon, dass Olga ihre Geschichte mit einer beißenden Bemerkung erniedrigen würde. Warum tat sie das? Und warum hatte Henriette diese Giftviole überhaupt in die ehemals so heitere Truppe mitgebracht? Das musste Henriette doch damals schon gemerkt haben.

Marlene malte sich aus, wie die Treffen ohne Olga wären. Friedlich, lustig, unverbissen, einfach locker und fröhlich. Sie versuchte, die Termine so zu drehen, dass Olga verhindert war, die sich wiederum sehr viel Mühe gab, auch die schwierigsten Termine zu halten.

Jeder brachte etwas zu essen mit, Kleinigkeiten, um den Gaumen zu reizen. Stets versuchte Olga, alle zu übertrumpfen. Besonders auf Marlene hatte sie es abgesehen. Hatte diese sich extra Mühe gegeben und komplizierteste Petit Fours gebacken, konnte sie sicher sein, dass Olga beim nächsten Treffen die perfekten Petit Fours mitbrächte. Marlene wusste nicht, ob sie früher nicht gemerkt hatte, wie hinterlistig und zersetzend Olga war oder ob sie gleichzeitig empfindlicher geworden war. Die anderen schienen jedoch nichts zu merken. Ohne Olga wäre alles so fröhlich! Sie traute sich aus Furcht, ihre Freundinnen würden sich gemeinsam gegen sie wenden, nicht, etwas zu sagen. Etwas, dass die zartbesaitete Marlene nicht ertragen konnte, der Harmonie über alles, oder sagen wir besser: fast über alles ging.

Sie merkte selbst, wie sie langsam von dem Gedanken besessen war, Olga loszuwerden, Olga mit der perfekten Frisur, der perfekt-eleganten Kleidung, den perfekten Kindern und Enkelkindern. Marlene hatte zwei Kinder und drei Enkel, herzallerliebste Engelchen, die drei. Sie waren drall und rotbackig, kletterten über Zäune und Abdeckungen, lutschten am Daumen, stahlen Äpfel, waren fast wie aus einem Bilderbuch entsprungen. Olgas Enkel fand sie schon von den Erzählungen her extrem unangenehm, vorlaut und altklug.

Selbst Henriette, mit der Marlene am längsten befreundet war, wollte ihrer Freundin gedanklich nicht folgen. „Marlene, so schlimm ist Olga wirklich nicht. Sie ist halt stolz, wer kann es ihr verdenken? Sie kommt aus einer Arbeiterfamilie und ihre Kinder und Enkel haben es so weit gebracht!" Und ähnliche Dinge mehr. Marlene lachte hässlich, ja, ja, Arbeiterfamilie. So kann man den asozialen Unterbau auch nennen.

Ihr wurde immer klarer, dass sie Olga loswerden musste. Es war dringlich für die fröhliche Stimmung. Ohne Olga wären sie ein echtes lustiges Kaffeekränzchen voller Harmonie und Spaß.

Marlene war ihr Leben lang ihren Weg konsequent gegangen. Als ihr Mann nicht mehr bereit war, ihre Vorstellungen von Erziehung mitzutragen, hatte sie sich von einem auf den anderen Tag von ihm getrennt. Ihre Kinder hatte sie bewusst gelegentlich geohrfeigt, einfach einem höheren Ziel zuliebe. Nein, Spaß hatte ihr das nicht gemacht, sie schlug nicht gerne, schon gar nicht ihre eigenen Kinder. Aber wer sich Kinder zulegt, trägt Verantwortung für deren Gelingen. Und da sie sich als Gründerin der Runde sah, war sie verantwortlich dafür, Fehler in Ordnung zu bringen.

Wie es sein musste, hatte Olga mit den Wechseljahren eine schwere Haselnussallergie entwickelt. Da passte es, dass sie sowieso Fruchteis am liebsten aß. Weil sie, Marlene, leider etwas vergesslich war – ein Bild, das sie geschickt von sich aufbaute –, würde niemand auf die Idee kommen, dass es irgendetwas anderes als Vergesslichkeit hatte sein können, Haselnüsse in das Fruchteis einzubauen. Marlene war stolz auf ihr Erdbeereis und bereitete ihren Freundinnen davon gerne und reichlich zu.

Sie verteilte das Eis in der Küche in die Gläser und trug die Portionen auf einem Tablett in das Wohnzimmer und setzte sie vor ihre Gäste. Jede bekam noch einen Klecks geschlagene Sahne obendrauf und noch ein bis zwei Esslöffel von ihrer allseits beliebten Karamellsoße. Sie selbst setzte sich an den Tisch, aß brav und langsam ihre Portion und beobachtete ihre Freundinnen, die heute auffallend heiter schienen. Ab und zu nippte sie vom Aperitif. Ahnten sie schon, dass es bald wieder gemütlich werden würde, so ohne Olga?

Olga hatte drei Löffel von dem Eis gegessen, biss in einen Keks und fing an zu husten. Waren das die ersten Zeichen der schweren Allergie? Marlene frohlockte leise, lächelte schon fast und fiel seitwärts vom Stuhl.

Die anderen schauten sich an, Olga hatte sich von ihrem Hustenanfall erholt. Sie warteten drei Minuten, dann fühlte Henriette Marlenes Puls. Da war nichts mehr. Als verdaddelte alte Damen alarmierten sie nach einer Weile den Notarzt, natürlich leider viel, viel zu spät. Dann würden sie alle ein wenig weinen und dem Notarzt kleine nette Anekdoten von Marlene erzählen. Olga gab Anweisungen: „Henriette, du spülst die Flasche und füllst sie mit neuem Zitronensprudel auf. Ingelore, wir beide setzen uns ins ehemalige Kinderzimmer und spielen Maumau. Senioren werden irgendwann ein wenig kindisch." Alle taten, was abgesprochen war. Es war so viel einfacher ohne Marlene, die alles immer so negativ färbte.

Plus Paul

Warum die Eltern ihm den Namen Johannes gegeben hatten, wussten sie später selbst nicht mehr. Sie nannten ihn schon nach wenigen Wochen Hannes, aber das fanden sie genauso altmodisch wie Johannes. Dann hatten sie so einen tollen Film gesehen, und daraufhin hieß ihr Johannes überall nur noch Johnny. Damit war Johnny zufrieden, auch als er älter wurde, selbst als er in das Alter kam, in dem Jugendliche immer mit ihrem Vornamen unzufrieden sind. Johnny ist cool, fand Johnny.

Johnny war kein aggressives Kind, aber er wehrte sich seiner Haut. Er war schlagkräftig und fix, daher wurde er im Kindergarten oder in der Schule nur selten in Schlägereien verwickelt. Nur Paul, der das alles nicht wusste, als er neu in Johnnys Schule kam, versuchte Johnny kleinzukriegen. Was er dann aufgab, als er sich von ihm eine blutige Nase und zwei blutende Schienbeine eingehandelt hatte. Von diesem Zeitpunkt an hatte er große Hochachtung vor Johnny. Johnny wiederum bewunderte Paul seit dem Tag, an dem er ihn zum ersten Mal gesehen hatte. Das Wort cool musste für Paul erfunden worden sein! Nicht nur hatte er immer schicke Klamotten an, die in der Saison angesagt waren. Er besaß als Erster ein Handy, gab in der Schule den Lehrern kräftig Widerworte und wusste unheimlich viel über die Dinge, die man als Junge wissen muss. Bei seinen Mitschülern war er deshalb absolut anerkannt, allerdings nicht so sehr bei den Eltern der Kinder. „Der ist zu frech, der wird mal abrutschen, da möchte ich nicht, dass er unseren Kevin (... David ... Michael oder wie sie alle hießen) herunterzieht". Mütter von Mädchen sahen ihn ebenfalls kritisch, „Der ist mir zu frühreif!", war eines der Argumente.

Frühreif war Paul in der Tat, und auch dafür wurde er von einigen bewundert. Nach der großen Schlägerei kamen Paul und Johnny prima miteinander aus, das ist aus der Literatur von Jungenfreundschaften wohlbekannt. Sie mochten sich, sie respektierten gegenseitig ihre Fähigkeiten. Zusammen waren sie ein geiles Team, wie sie selbst sagten.

Paul war zwei Jahre älter als Johnny, was aber nie auffiel, weil Paul relativ klein und Johnny relativ groß für sein Alter war. Mit dreizehn Jahren begann Paul sich für Mädchen zu interessieren, da musste Johnny mithalten, auch wenn es ihm im Grunde egal war. Das erste Mädchen, sie war siebzehn, an dem Paul seine Männlichkeit erprobte, musste anschließend für Johnny herhalten. Paul drückte ihr zehn Euro in die Hand: „Mach's mit ihm auch, ich gucke zu, und dann kannst du dir was Hübsches kaufen."

Johnny fand das cool. Deshalb ergänzte er die Liste für Geburtstagseinladungen, die seine Mutter ihm als Vorschlag präsentierte und auf der sie durchaus nicht ohne Grund Paul ausgelassen hatte, immer mit einem „Plus Paul!!!". Mit drei Ausrufezeichen. Die Mutter seufzte, wenn es dann sein Herzenswunsch war ...

Wenn Paul Johnny etwas zeigte, übernahm Johnny das mit Begeisterung. Meist trieb er es dann noch eine Stufe weiter, was Paul wiederum megatoll fand. Wenn Paul im Laden als Mutprobe eine Dose Energydrink mitgehen ließ, nahm sich Johnny gleich drei Stück. Wenn Paul sich ein Mädchen schnappte, dann trieb Johnny es später mit ihr und zwei anderen gleichzeitig. Johnnys Eltern waren machtlos gegen Pauls Einfluss. Sie hatten gedacht, sie könnten einmal mit Pauls Eltern sprechen. Als sie seine Eltern bei einer Schulfeier sahen, guckten sie sich an und wussten – kein Wunder, dass Paul so geworden war. Aber Johnny, er kam doch aus einem ordentlichen, geregelten, liebevollen

Elternhaus, wie konnte er sich so entwickeln? Sie gehörten zu der Generation, die fest davon überzeugt war, dass Erziehung allein einen Menschen ausmacht.

Nicht nur einmal wurde Johnny von der Polizei nach Hause gebracht. Sturzbetrunken und laut pöbelnd war er mit seinen fünfzehn Jahren zusammen mit Paul in der Eingangshalle eines Nobelbordells aufgegriffen worden. Johnnys Mutter weinte, sein Vater tobte: „Ich verbiete dir den Umgang mit diesem Paul!" Johnny zuckte nur mit den Schultern, stolperte lallend in sein Zimmer und verschloss die Tür. Laute Rockmusik schallte bis zum frühen Morgen aus seinem Zimmer. Paul zeigte Johnny auch, wie man mit seinen Eltern umgehen sollte, Johnny lernte schnell. Mit siebzehn gab er seinem Vater zum ersten Mal eine Ohrfeige, als dieser sich wieder über Paul aufregte. Die beiden waren mit mehreren Tütchen Kokain erwischt worden.

Kurze Zeit später zog Johnny von zu Hause aus. Mit achtzehn kaufte er sich ein Auto und jeder fragte sich: Wie hat er das bezahlt? Davon hatten seine Eltern eine recht gute Vorstellung, aber sie sprachen nicht mehr über Johnny. Oder über Paul.

Johnny und Paul lebten in Saus und Braus. Bis Paul bei einem illegalen Autorennen ums Leben kam. Der Schock für Johnny war gewaltig. Er warf leere Flaschen an die Wand, er demolierte seine teure Stereoanlage, er beschimpfte jeden in den wüstesten Tönen, der ihn anzusprechen wagte.

Sein Leben hatte seinen Halt verloren. Er wurde aus der Wohnung geklagt, das Auto hatte er schon für die letzte Miete versetzt. Er war betrunken, er war mit Drogen vollgepumpt. Seine Eltern hatten gehofft, der schreckliche Tod seines besten Freundes würde ihn so schockieren, dass er zu einem normalen Leben zurückkehrte. Das Gegenteil war der Fall. Johnny hatte kein Vorbild mehr, dem er nacheifern und mit dem er wetteifern konnte. Niemand mehr, der über die gleichen Scherze lachte, niemand mehr, der ihm die besten Ideen gab.

Johnny war drogenabhängig, die ganze Familie wusste es mittlerweile. Irgendwie hielt er sich über Wasser, er achtete auf sein Äußeres, weil er wusste, dass er mit seinem Aussehen die Frauen beeindruckte. Er spezialisierte sich auf ältere Frauen, die bereit waren, ihm immer wieder einen Hunderter oder mehr zuzustecken, was alles für Drogen draufging. Es machte alles keinen Spaß. Bis er Elke traf, die anders war als alle Frauen, die er bisher gekannt hatte. Nicht, dass er sich geändert hätte, aber mit Elke machten die Exzesse Spaß. Obwohl er sich nach manchen gemeinsamen Unternehmungen nicht mehr sicher war, ob er das ohne Drogeneinfluss auch mitgemacht hätte. Er hatte sich deshalb schon Unterlagen von einer Drogenberatung geholt, etwas, das er bisher immer strikt abgelehnt hätte. Elke liebte Exzesse noch mehr als Johnny, nur von den Drogen ließ sie die Finger. Nach dem Motto „Wenn's am schönsten ist, soll man aufhören", sorgte sie dafür, dass er sich keine Sorgen mehr um seine Zukunft machen musste. Was an anderer Stelle detaillierter beschrieben ist.

Qua Quentin

Quentin war hager, er ging gebeugt. Er war vor vier Jahren pensioniert worden und hatte während seiner ganzen Berufsjahre in der Universitätsbibliothek gearbeitet.

Manche Studenten witzelten, er sähe schon selbst aus wie eine vergilbte Karteikarte.

Er war gewissenhaft, um nicht zu sagen akribisch. Er liebte den Duft der Karteikarten und hatte sich nur mit einem Seufzer an die digitale Katalogisierung gewöhnen können. Im Gegensatz zu einigen älteren Menschen, die sich in ihren letzten Berufsjahren weigern, noch etwas am PC zu erlernen, sah er das anders. Als es nicht mehr abzuwenden war, dass seine heißgeliebte Bibliothek digital erfasst wurde, meldete er sich zu einem Computerkursus an und kaufte sich einen Laptop. Als er die Bibliothek am letzten Arbeitstag verlassen musste, ging er nochmals zu seinen Lieblingsexemplaren und redete mit ihnen.

Es stimmt, Quentin war ein wenig wunderlich. Er hatte seine eigenen Bücher ebenfalls katalogisiert und diesen Katalog, wie könnte es anders sein, auf eine digitale Form umgestellt. Häufig sprach er mit seinen Büchern, denn er war alleinstehend. Eine Frau oder gar Kinder passten nicht in seine Welt. Er hätte doch auch gar keine Zeit für sie gehabt, denn abends legten ihn seine Bücher mit Beschlag, stärker noch als tagsüber die Bücher der Universitätsbibliothek.

Nach der Pensionierung hatte er seine Arbeitskraft verschiedenen Bibliotheken angeboten, nicht einmal eine Bezahlung hatte er verlangt. Niemand benötigte seine Dienste.

Somit entschloss er sich, die eigene Bibliothek aufzustocken. Er war häufiger Gast auf Flohmärkten und in Antiquariaten. Wichtig waren ihm die billigsten Bücher, damit die Bibliothek umfangreich wurde. Seine Lieblingsbücher, die für niveauvolle Leser, bekamen einen violetten

Wimpel auf den Rücken geklebt. Nur mit ihnen sprach er. Die anderen waren nur stumme Füllgäste.

In seiner kleinen Bibliothek fühlte er sich vollkommen glücklich. Er fragte sich, warum er damals nicht das Angebot der Frühpensionierung angenommen hatte. Dann hätte er schon lange mit dem Aufbau seiner eigenen Bibliothek beginnen können.

Er hatte keine Freunde, nur einige wenige Bekannte. Die Natur interessierte ihn ausschließlich in Buchbeschreibungen, d.h. er verließ die Wohnung mittlerweile nur noch, um die wichtigen Dinge des Lebens einzukaufen. Er war genügsam, achtete aber darauf, nicht nur Butterkekse zu essen und Kakao zu trinken. Er war belesen und auch nicht dumm, daher wusste er vom Wert der Vitamine. Aber wenn er es sich so richtig gemütlich machen wollte mit seinen echten Freunden, legte er abgezählt zehn Butterkekse ordentlich gestapelt auf einen Teller und stellte einen Becher dampfenden Kakao daneben. Er war mit sich und seinem Leben zufrieden.

Beim Einkaufen wurde er manchmal merkwürdig angeschaut, er wusste nicht warum, aber im Grunde war es ihm egal. Er bemerkte nicht, dass er angefangen hatte, gestelzt zu sprechen. Er fand seine Wortwahl einfach gehoben und seine Bücher liebten es, wenn er so mit ihnen sprach, sogar die aus der Billigkiste. Ein Buch ist eben nicht nur ein Buch, sondern auch immer ein Kulturgut, egal was drinsteht. Er war das Gesetz in seinem kleinen Reich und so schüttelten die Bücher nicht den Kopf, den sie gar nicht hatten, wenn er solche Sätze von sich gab. Sie lauschten seinen Gesetzen und gehorchten. Sie meckerten auch nicht, als er zum wiederholten Male sagte „Qua Quentin werdet ihr mindestens einmal im Monat abgestaubt", wobei er seine Lieblinge liebevoll mit einem weichen Tuch abrieb.

Rücksichtlich Renate

Ja, es stimmt: Quentin liebte es, seine Bücher vorsichtig abzuwischen. Seinen Lieblingsbänden gab er Namen, die selten etwas mit dem Inhalt der Bücher zu tun hatten. Das waren meist Frauennamen, die ihm gefielen. Da hatte er wohlklingende klassische Namen im Sinn: Marianne, Ariadne, Viktoria, Renate, Susanna, Gesine, Gundula, Veronika, Henriette usw. Seine Billigbücher hießen alle Fritz, durchnummeriert als Fritz 1, Fritz 2 usw. Da war er nicht so zimperlich, wenn er sich einmal vertat, was ihm mit seinen Lieblingsbüchern nie passierte.

Er nahm sich ein Buch und setzte sich auf seinen Lesesessel. Dieser Sessel war das teuerste Möbel in der kleinen Wohnung. Andere geben ihr Geld für riesige Fernseher, Luxusautos, technischen Firlefanz, exklusive Schuhe, Designeranzüge und Ähnliches aus. Quentin steckte sein ganzes Geld in Bücher und was damit zu tun hat. Bei den Bücherregalen war er einen Kompromiss eingegangen, die meisten stammten aus einem schwedischen Möbelhaus. Heute hatte er Henriette in der Hand. Er schlug Henriette auf, strich zärtlich über die Innenseiten. Er hatte das Buch antiquarisch erstanden, eine Erstausgabe. Leider hatte der Vorbesitzer Gedanken zum Buch mit Bleistift am Rand notiert. Normalerweise kaufte Quentin ein solch verschmiertes Buch nicht, aber dieses hier war nur selten als Erstausgabe zu bekommen. „Meine liebste Henriette, erinnerst du dich noch, wie ich dich entdeckt habe? Kaum warst du in meinem Besitz, bin ich in das Büchercafé um die Ecke gegangen und habe einen Café au Lait mit dir getrunken." Quentin senkte Henriette auf seine Knie und schaute leise lächelnd ins Leere. Henriette war die Besitzerin des Büchercafés: eine rundliche Brünette, voller Leben, Lachen und Fröhlichkeit. Sie mochte den stillen, hageren Quentin und setzte sich oft zu ihm an den Tisch. Sie unterhielten sich, er mit seinem eher leisen Humor, auf den sie oft mit herzhaft lautem Lachen reagierte. „Quentin, du könntest im Fernsehen in einem Literaturcafé auftreten, dein Humor ist so wunder-, wunder-, wundervoll!"

Quentin besuchte das Büchercafé nicht mehr. Vor zwei Jahren war ihm plötzlich aufgefallen, dass Henriette immer seltener kam. Er wollte nicht in ihr Privatleben eindringen und fragte nicht. Dann sah er sie drei Wochen gar nicht. Es war kalt und ungemütlich in dem Café und zufällig hörte er, wie sich zwei Mitarbeiter darüber unterhielten, dass Henriette die OP zwar gut überstanden habe, aber die Chemotherapie ihr doch sehr zusetzen würde. Haarausfall und so. Quentin zerriss es fast das Herz. Ja, er sollte sie besuchen, ihre Hand halten, sie zum Lachen bringen. Aber er war zu scheu mit all diesen fremden Menschen, um nach ihrer Adresse zu fragen. Er mied das Café, schaute nur immer wieder kurz vorbei und lugte durch das Fenster, ob eine abgemagerte Henriette mit Turban auf dem Kopf innen tätig wäre. Dann würde er sofort am Blumenstand nebenan ein paar Freesien kaufen (die mochte sie so gerne) und ihr seine Aufwartung machen. Aber er sah sie nie wieder. Zwei Monate später hing eine Anzeige mit schwarzem Rand im Fenster. Er wusste, was er lesen würde, aber er wollte es mit eigenen Augen sehen. Henriette war verstorben, nur als Buch blieb sie ihm noch erhalten.

Das Büchercafé war modernisiert worden: kahle Stahlregale und Glastische, neonfarbene Lampen, irgendwelche Fruchtsaftgetränke mit merkwürdigen Gemüsen drin. Nein, danke, das war nicht Quentins Welt.

Vorsichtig stellte er Henriette wieder zurück ins Regal, genau zwischen Marianne und Felicitas. Niemand sollte denken, dass ihn der Inhalt der Bücher nicht interessierte. Beides lief für ihn nebeneinander her. Henriette z.B. waren Gedichte lateinischer Dichter im Original. So konnte Quentin sein Latein noch ein wenig lebendig halten. „Eine tote Sprache lebendig halten", Quentin lächelte. So war sein feiner Humor.

Er nahm den Rilke-Band aus dem Regal. Ein optisch auffallender Band mit Goldschnitt und Lederprägung. Er roch vorsichtig daran. Er öffnete das Buch, zufällig bei dem Gedicht „Der Panter". Es zählte nicht zu seinen Lieblingen, war aber sicherlich das in Schulen am stärksten in den Unterricht eingebundene Gedicht von Rilke. Schade, schade. Diesem wunderschönen Band, der ihn relativ viel Geld gekostet hatte, der ihm so wert war, hatte er nur einen Namen geben können: Renate.

Gelegentlich erzählte er seiner Bücherwelt etwas zur Herkunft ihrer Namen oder auch den anderen zur Herkunft eines Bandes, der zwischen ihnen stand. Schon oft hatte er den Eindruck gehabt, sie zitterten und platzten fast vor Neugier, was es denn mit Renate auf sich habe. Heute wollte er ihnen Auskunft geben.

Er saß im Lesesessel, die Augen hinter der Lesebrille geschlossen, die Finger fuhren zart über den gelbroten feinen Lederdeckel. Renate ... Er sah sich um: Alle waren aufmerksam und hofften, heute mehr über die „heilige Renate" (wie sie sie insgeheim nannten) zu erfahren. Quentin schloss die Augen wieder.

Er sprach mit flüsterleiser Stimme. Aber er wusste, dass das Gehör von Büchern empfindsamer war als das von Menschen. Sie konnten ihn sogar hören, wenn er nur mit seiner inneren Stimme sprach. Er begann:

„Rücksichtlich Renate seid ihr wirklich sehr interessiert". Und in seiner antiquierten Ausdrucksweise erzählte er ihre und seine Geschichte.

Es war in seiner ersten Anstellung in einer Bibliothek. Es war die Stadtbibliothek der kleinen Heimatstadt und seine erste Aufgabe bestand darin, die Sammlung vergilbter Karteikarten zu überarbeiten, d.h. auf den neusten Stand zu bringen. Von Digitalisierung war noch keine Rede. Er nahm sich einen großen Stapel weißer Karteikarten. Sie waren mit hellgrauen Linien versehen, was das Beschriften vereinfachte. Die oberste Linie oben auf der Karte war etwas dicker und rot, damit sich der Titel besser absetzte. Er spannte die Karten in die Schreibmaschine ein (weswegen die Linien im Grunde überflüssig waren), wobei er große Sorgfalt darauf verwendete, dass sie gerade in der Maschine standen. Anderthalbzeilig war die Einstellung für normale Bücher. War mehr Text erforderlich, arbeitete er einzeilig. Dann nahm er sich den Stapel alter Karten, die er vor die weißen legte. Sie waren blau, grün und rosa, meist schon angegilbt an den Rändern. Viele waren sogar noch mit

Kugelschreiber oder Füller beschriftet worden. Wenn die Karten auf dem Tisch bereit lagen, hatte er schon kontrolliert, dass sie den Büchern entsprachen. Entsprechende Korrekturen hatte er handschriftlich eingetragen. Nun musste er es nur noch ordentlich auf die neuen Karten übertragen. Er war verwundert, mit welcher fehlenden Konsequenz die alten Karten erstellt worden waren. Die wenigsten Bibliothekare schienen sich an die Regel zu halten, dass zwischen Titel und Untertitel ein Doppelpunkt steht, nicht einfach ein Komma oder ein Punkt.

Diese Arbeit übte er seit einem halben Jahr mit viel Freude aus. Er hatte so einen guten Überblick über den Bücherbestand erhalten. Er notierte sich gelegentlich Titel, die er sich selbst einmal kaufen wollte. An einem Vormittag hatte ihn die Bibliothekarin an der Buchausgabe, seine Vorgesetzte, gebeten, ihn zu vertreten. Gerne machte er das nicht, der Kontakt mit fremden Menschen war ihm unheimlich. Aber seine Chefin war immer so verständnisvoll mit ihm und so entgegenkommend, dass er es ihr kaum abschlagen konnte. Und so stand er am nächsten Tag an der Buchausgabe. Jedes Mal, wenn die Tür aufging, bekam er Herzklopfen. Nach den ersten drei Anfragen und Ausleihen ging es ihm langsam besser von der Hand. Er würde es nie mit Begeisterung machen, aber er brach nicht zusammen.

Plötzlich stand ein junges Mädchen vor ihm, oder war es eine junge Frau? Er konnte ihr Alter schlecht schätzen, vielleicht war sie fünfzehn? Sie war schlank, blass und wagte kaum, ihn anzusehen. Er fragte sie freundlich: „Kann ich dir helfen?" Sie schaute hoch und da blickte er zum ersten Mal in ihre wunderbaren, nachtblauen Augen. Dann senke sie die Wimpern wieder, ihre Wangen waren rosig überzogen, als sie flüsterte: „Ich suche ein Buch, das mir eine Freundin empfohlen hat, es heißt *Der Wintergarten* von Adelbert von Chamisso." Quentin wusste nicht, was er sagen sollte. Offenbar wollte diese Freundin sie auf den Arm nehmen. Aber wie konnte er ihr das sagen, ohne dass sie sich von der angeblichen Freundin gedemütigt fühlte?

Er gab sich einen Stoß: „Nun, das Buch haben wir leider nicht hier. Es gibt aber eines, das diesen Band noch bei weitem übertrifft." Ihre Hände waren in den Manteltaschen tief vergraben, eine Handtasche hing ihr über die rechte Schulter. Sie sah wieder hoch. Dieser Blick ... Er machte Quentin fast mutig. „Also wenn Sie mir das empfehlen, will ich es einmal versuchen." Er ging flotten Schrittes zielsicher zur Rilke-Abteilung und griff zum Gedichtband. Sicher würde sie diesen Band bald genauso lieben wie er. Er legte das Buch vor sie auf die Theke. „Ah, Rilke, hat der nicht *Der Panther* geschrieben?"

Diese Frage beantwortete er ausgiebig mit einer Schmährede auf die Lehrerschaft, die immer das schwächste Gedicht dieses wunderbaren Dichters in den Schulen propagierte. Er sprach mit einer Leidenschaft, wie sie ihm nur im Zusammenhang mit Worten und Sprache zu eigen war.

„Da haben Sie sicher Recht. Ich nehme das Buch." Sie schob ihm ihren Bibliotheksausweis zu. Er schaute flüchtig darauf, gleichzeitig nahm er so viele Informationen auf wie möglich. Renate hieß das Mädchen, im Alter hatte er sie aber unterschätzt, sie war schon siebzehn. Er verhaspelte sich bei seiner Entschuldigung, dass er sie ungefragt geduzt hatte. „Das macht gar nichts, bitte, Sie sprechen meinen Namen so schön aus ...", dabei lief sie puterrot an und konnte nicht mehr weitersprechen. Er verschluckte sich fast, trug ihren Namen in die Bücherliste ein und überreichte ihr das Buch. Dabei berührten sich ihre Finger. Es war, als wenn ein Feuerwerk zu Silvester niederging, ein Gefühl, wie Quentin es nicht kannte.

„Ich werde das Buch in genau einer Woche zurückbringen, zur selben Zeit", flüsterte sie noch und warf ihm einen letzten dieser wunderbaren Blicke zu, bevor sie das Buch sorgfältig in ihrer Handtasche verstaute und wie von einer leichten Brise aus dem Gebäude gehaucht wurde.

Quentin konnte den ganzen Tag keine Karteikarte mehr ausfüllen. Zum Glück passierten ihm bei der Buchausgabe keine größeren Patzer. Als seine Chefin zurückkam, wollte sie wissen, ob etwas Besonderes passiert sei. Er schüttelte den Kopf und durfte zu den Karteikarten zurückkehren.

Er schaute auf den Kalender. In einer Woche! Dieselbe Uhrzeit! War es Zufall oder eine Botschaft? Er traute sich nicht, dies zu hoffen. Er musste es unter einem Vorwand hinbekommen, dass er auch in einer Woche wieder den Ausgabedienst übernehmen würde. Drei Tage lang traute er sich nicht, die Bibliotheksleiterin auf seinen Wunsch anzusprechen. Dann nahm er sich ein Herz, war er nicht ein Mann des Wortes, mutig und stark? Eigentlich nein, beantwortete er sich selbst diese Frage. Aber die Vorstellung, Renate vielleicht zu einem Kaffee in der Cafeteria einzuladen und mit ihr über ihre Lektüre zu sprechen, verlieh ihm Flügel.

„Was kann ich für Sie tun?", fragte ihn seine Chefin und blickte dabei über den oberen Brillenrand, als er ihr Büro betrat.

„War alles okay, als ich Sie an der Ausleihe vertreten habe?" Kein geschickter Anfang.

„Ja, ja, wunderbar." Pause. „War's das?"

„Öhm, nein", Quentins Hände klammerten sich an seinem Taschentuch fest. Seine Stimme war heiser: „Wenn Sie wollen, kann ich sie gerne wieder vertreten." Kleine Pause und fast unhörbar: „Gern wieder nächste Woche Mittwoch." Seine Chefin dachte nach, den zweiten leisen Satz hatte sie gar nicht gehört.

„Das passt! Das ist sehr nett von Ihnen! Ich möchte nämlich am nächsten Donnerstag frei haben, wäre ein ganzer Tag zu viel für Sie? Ich werde Ihnen dafür den Tag davor, also den Mittwoch freigeben."

Für sie war damit die Angelegenheit erledigt, sie lächelte erfreut und beugte sich wieder über ihre Bücher. Quentin tropfte Angstschweiß von der Stirn, so empfand er es, obwohl seine Stirn trocken war wie eh und je. Er räusperte sich, aber seine Chefin winkte ihm nur freundlich zu „Trinken Sie was, das macht den Hals frei!"

Am Dienstag versäumte sie es nicht, ihm noch einen schönen freien Mittwoch zu wünschen und erneut dafür zu danken, dass sie am Donnerstag die wichtigen Einkäufe erledigen könne.

Quentin war so unglücklich. Er überlegte tausend Möglichkeiten, am Mittwoch in der Bibliothek zu sein, er könnte doch privat dort sitzen und lesen. Aber er wusste, dass seine Chefin das für Übereifer halten und ihn prompt nach Hause schicken würde. Er könnte auch vor der Bibliothek stehen, so eine Stunde. Aber dann würde ihn vielleicht jemand anzeigen, weil er sinnlos herumstünde? Alle Möglichkeiten, die er durchspielte, waren undurchführbar. Und so saß er an diesem Tag zu Hause bei seiner Büchersammlung, drehte und wand das Taschentuch zwischen den Händen. Es war ein furchtbarer Tag.

Am Donnerstag kam er überpünktlich zur Arbeit. Der Rilke-Band stand wieder an seinem Platz. „Hat jemand nach mir gefragt?" Nein.

Renate kam nie wieder. Mittlerweile hatte er erkannt, dass es wohl Liebe gewesen sein musste, die er für Renate empfunden hatte, eine große und tiefe Liebe, wie sie sonst nur in der Literatur zu finden ist. Er wusste auch, dass er nie wieder so viel Zärtlichkeit und Leidenschaft für ein weibliches Wesen werde empfinden können. „Ihr müsst mir reichen, meine heißgeliebten Bücher", flüsterte er mit tonloser Stimme. Im Halbdunkel hoffte er, dass sie seine Tränen nicht sähen, denn sonst wären sie vielleicht gekränkt, weil sie nicht immer das Liebste in seinem Leben gewesen waren.

Er war mit seiner Geschichte am Ende. Seine Lieblinge schwiegen verständnisvoll, nur der eine oder andere Fritz kicherte dümmlich. Quentin stellte Renate sorgfältig zurück an ihren Platz.

Seit Sarah

Georg war mit sich und seiner Welt zufrieden. Früher war er ziemlich allein gewesen, nachdem er bei seiner Mutter ausgezogen war. Sie fand das zwar überflüssig („Junge, das ist doch rausgeschmissenes Geld und so viel verdienst du nicht!"), aber er wollte selbstständig sein. Nach dem frühen Tod des Vaters waren er und seine Mutter sich zwar sehr nahe gewesen, aber für einen Erwachsenen ist es gesünder, ein eigenes Zuhause zu haben.

So war er im Alter von zweiundzwanzig Jahren in eine kleine, bezahlbare Zweizimmer-Wohnung in einen anderen Stadtteil gezogen. Die Wohnung hatte sogar einen kleinen Balkon, auf dem Georg im Sommer eigene Tomaten zog. Von der ersten Ernte hatte er seiner Mutter ein paar mitgebracht, die zwar auch fand, dass sie gut schmeckten, ihm aber die Hand tätschelte: „Georg, mein Junge, mach dir nicht so viel Arbeit!" Das waren so Zeiten, wenn er froh war, dass sie nicht mehr unter einem Dach wohnten, auch wenn seine Mutter ihm ihr ganzes Leben geopfert hatte, damit er zur Schule gehen und studieren konnte. Diese Mütter kennt man ja. Er lächelte mild. Ansonsten war sie herzensgut und tat für ihn, was sie nur konnte.

Als Georg mit fünfundzwanzig seine erste Freundin – Gisela – hatte, so eine richtige Freundin, mit der man es ernst meint, nahm er sie an einem Sonntagnachmittag mit zu seiner Mutter. Es gab Kaffee und Kuchen. Seine Mutter war deutlich biestig, er verstand das gar nicht. Sie machte die merkwürdigsten Bemerkungen über ihn („Der kleine Georg wollte mit dreizehn Jahren immer noch sonntags morgens zu mir ins Bett kommen, er war so ängstlich!"), die meist gar nicht zutrafen. Er wusste nicht, was er sagen sollte. Es war das letzte Mal, dass er Gisela sah. Sie ging nicht ans Telefon, wenn er anrief, und wenn er sie auf der Straße traf, wechselte sie die Straßenseite. Er nahm es gelassen. Meine Güte, es ist doch bekannt, dass Mütter von

Söhnen, die nur den Sohn haben und sonst niemanden, ein wenig eigenartig sind.

Georg hatte nicht viele Freundinnen, aber wann immer es ernst wurde, stellte er sie seiner Mutter vor. Dass die beiden harmonierten, war ihm wichtig. Seine Mutter machte keine solchen eigenartigen Bemerkungen mehr, daher wunderte es ihn, dass nach diesen Besuchen die Beziehungen meist endeten. „Egal, was meine Mutter erzählt hat, als ich kurz draußen war – eine Frau, die zu mir passt, wird das doch in den richtigen Hals bekommen ...“

Georg wurde vierzig. Er war auf der Karriereleiter im mittleren Dienst als Beamter im sozialen Wohnungsbau ein wenig aufgestiegen. Sein Einkommen war nicht groß, aber für seine bescheidenen Wünsche reichte es, da er immer noch in seiner ersten Wohnung wohnte. Praktisch, um gelegentlich bei der Mutter auszuhelfen, die nur eine kleine Rente hatte, praktisch, um Geld zu sparen. Einmal im Jahr lud er seine Mutter zu einem kleinen Urlaub ein, und er legte Wert darauf, dass er dann alles bezahlte. Mallorca, Teneriffa, Fuerteventura, Bodensee, Tirol, alles hatten sie zusammen gesehen und es war sehr harmonisch gewesen. Im Grunde war sie eine gutherzige Frau und hatte so viel für ihn getan.

Georg war dreiundvierzig, als sich sein Leben tiefgreifend änderte, förmlich umstülpte. Seit Sarah sich im Rathaus auf der Suche nach dem Ordnungsamt in sein Zimmer verirrt hatte, war alles anders. Sein Kollege war an jenem Tag krank. Deshalb war er allein im Büro, als die Tür aufging und eine junge Frau vorsichtig um die Ecke lugte: „Hier ist nicht zufällig doch das Ordnungsamt, oder?“

Georg fand diese Frage irgendwie komisch und musste lachen, leise und mit einem leichten Lächeln, wie das so seine Art war. Die junge Frau fand das ansteckend und lachte kräftig mit. So kamen die beiden ins Gespräch. Wie sich bei einem gemeinsamen Cafébesuch am nächsten Tag herausstellte, waren sie zwei einsame Seelen. Zwar war Sarah – sie duzten sich bald, weil sie so vertraut miteinander waren, als würden sie sich schon lange kennen – mit ihren einunddreißig Jahren deutlich jünger als Georg, aber irgendwie war sie doch schon lebenserfahren, abgeklärt und weise. Ihre zarten Bande verflochten sie immer enger miteinander. Die rundliche Sarah mit ihren roten Locken machte auf den ersten Blick gar nicht den Eindruck einer einsamen Seele, aber ihm hatte sie bald gestehen können, wie es um sie stand.

Bevor er Sarah mit zu seiner Mutter nahm, erzählte er ein wenig von ihr. Was sie alles für ihn getan hatte. Was für ein guter Mensch sie war. Dass sie aber doch mit den Jahren ein wenig wunderlich geworden war. Sarah wollte wissen, wie er das meint.

„Nun, manchmal erzählt sie abstruse Dinge über mich, die überhaupt nicht stimmen. Letztlich hat sie einer Nachbarin erzählt, ich hätte mit zwanzig noch am Daumen gelutscht." Sarah lachte herzlich, „na, die ist ja 'ne Nummer, herrlich!" Das nahm Georg etwas von der Sorge, dass es mit Sarah verlaufen würde wie mit den anderen Frauen.

„In den letzten Jahren ist sie irgendwie ... aggressiver geworden, sie kann Widerspruch nicht leiden." Was ein wenig untertrieben war, denn seine Mutter hatte noch nie Widerspruch ertragen. Wenn sie sich über jemanden geärgert hatte, konnte es durchaus passieren, dass sie einen Pantoffel an die Wand warf oder einen Aschenbecher auf dem Boden zerschellen ließ. Davon erzählte er Sarah besorgt und ein wenig zurückhaltender, als es der Wahrheit entsprach. Sarah nahm das auf ihre heitere Art, legte ihre Hand auf seinen Arm (was ihn immer mit einem so schönen warmen Gefühl erfüllte) und tröstete ihn: „Ich weiß doch Bescheid, du wirst sehen. Einen schicken Pantoffel am Kopf wollte ich immer schon, das ist heute modern." Darüber lachten sie herzlich zusammen. Georg nahm sie in den Arm und dankte mit stummen Worten wieder einmal dem Schicksal, das ihm so unerwartet diese wunderbare Frau geschickt hatte. Sie war zu einem Zeitpunkt aufgetaucht, als er bereits alle Hoffnung auf Romantik aufgegeben und sogar schon einmal mit dem Gedanken gespielt hatte, auf eine Anzeige zu schreiben, mit der Thailänderinnen einen deutschen Mann suchen.

Auch seine Mutter bereitete er auf Sarah vor. Als er ihr beim sonntäglichen Besuch von seiner neuen Freundin berichtete, sah sie ihn an. Sie merkte – da war etwas, was sie vorher bei ihm nicht gesehen hatte. Sie spießte ein Stück Buttercreme auf und ließ es auf der Zunge zergehen. „Vielleicht", meinte Georg vorsichtig, „erzählst du etwas weniger von mir, wenn ich Sarah nächsten Sonntag mitbringe?" Sie sah ihn an. Aha. Sie wollte schon etwas Heftiges sagen, aber ließ es dann.

Georg hätte es in seinen kühnsten Träumen nicht zu hoffen gewagt, dass der erste Sonntagsbesuch völlig problemlos verlief. Aber genauso war es. Seine Mutter gab sich ungewöhnlich aufgeräumt, umarmte Sarah beim Abschied herzlich und rang ihr das Versprechen ab, dass sie jetzt immer mitkommen müsse.

Sarah meinte verwundert zu Georg, dass sie gar nicht verstehe, was er mit diesen Geschichten über seine Mutter gemeint hätte. Sie sei doch eine absolut liebenswürdige Frau, vielleicht ein bisschen schrullig, aber irgendwo doch auch nett in ihrer großen Liebe zu ihrem einzigen Sohn.

Georg sah das als weiteres positives Zeichen. Manchmal lud seine Mutter Sarah sogar unter der Woche allein ein. Sarah versicherte Georg, dass seine Mutter niemals „eigenartige Dinge" über ihren Sohn erzählte. An einem sonnigen Freitagnachmittag gingen das verliebte Paar Arm in Arm die Einkaufsstraße entlang, sie drückten sich liebevoll aneinander und fühlten sich so wohl. Plötzlich blieb Georg stehen, sah Sarah ernst an, der schon ganz bange wurde. Dann stellte er die Frage, die er sich bis heute aufbewahrt hatte: „Meine allerallerliebste Sarah, kannst du dir vorstellen, dass wir den Rest unseres Lebens miteinander verbringen, oder noch mehr, dass wir heiraten?" Sarah war überrascht, damit hatte sie nicht gerechnet, auch wenn sie Georg genauso von Herzen liebte wie er sie. Sie gab ihm mitten auf der Straße einen dicken Kuss, „Das ist meine Antwort!"

Georg besuchte seine Mutter am Sonntag allein. Sarah musste zu einer Fortbildung nach Karlsruhe. Er summte eine kleine Melodie, fand den Regen schön und überhaupt war die Welt doch wunderbar. Er konnte mit seiner Neuigkeit kaum warten und nahm daher nicht wahr, dass die Wohnung nicht mehr so penibel aufgeräumt und sauber war wie sonst. Kaum standen Kuchen und dampfender Kaffee auf dem kleinen runden Wohnzimmertisch, platzte er mit seiner Neuigkeit heraus. „Mama, Sarah und ich werden heiraten!"

Seine Mutter reagierte überhaupt nicht darauf. „Möchtest du noch ein Stück Mohnstriezel? Den isst du doch immer so gern." Georg war verwirrt und schüttelte den Kopf, „nein, danke, Mama, hast du denn nicht gehört, was für eine tolle Neuigkeit ich dir erzählt habe?"

„Doch, doch, natürlich, du willst diese billige Schlampe heiraten." Georg erstarrte auf dem Stuhl: „Mama! Wie redest du denn über Sarah?" Seine Mutter blinzelte ihn aus ihren hinter der Brille kleinen Augen hilflos an. „Ach, öhm, ich habe sie da wohl verwechselt". Georg nahm sie in den Arm, „Ich weiß, das ist für uns beide sehr überraschend, ich hatte schon nicht mehr daran geglaubt, dass das Herzensglück doch einmal über meine Schwelle kommt."

Am Sonntag wollten er und Sarah wieder zum Kaffeetrinken zu seiner Mutter gehen, eine lieb gewordene Gewohnheit. Sie nutzen die Chance, um Hand in Hand im Park und um den See zu spazieren, dann schmeckte der Kuchen umso besser. Dienstag rief Sarah Georg an und berichtete, dass seine Mutter sie allein zum Kaffee eingeladen hatte, um „wichtige Angelegenheiten vor dem großen Tag zu besprechen". Er warnte Sarah noch einmal.

„Ach, du Bangbüchs", lachte sie, „ich kenne dich doch und werde ihr nicht glauben, wenn sie wirklich anfangen sollte, irgendwelchen Unsinn zu erzählen. Bisher war sie doch immer sehr nett." Er lächelte, Sarah war so realistisch und positiv.

Mittwochs hörte er nichts von Sarah. Das war aber nichts Ungewöhnliches, denn manchmal ging sie mit ihren Freundinnen auf einen „Mädelsabend". Dann dachte sie nicht immer daran, sich bei ihm zu melden. Die beiden waren so vertraut, dass sie sich nicht „an- und abmelden" mussten. Am Donnerstag war Georg doch etwas beunruhigt. Er rief sie an, Mailbox. Am Freitag rief er auf der Arbeit an. „Sarah? Ach die, sie hat Dienstagnachmittag angerufen, dass sie spontan Urlaub nimmt und einige Tag wegbleibt."

Georg wurde es mulmig ums Herz. Hatte seine Mutter es doch geschafft, sie mit einer ihrer furchtbaren Geschichten zu vergraulen? Erst wollte er sie anrufen und fragen, aber dann hielt er doch den Sonntagnachmittag für eine bessere Gelegenheit. Er konnte kaum die Stunde erwarten, er lief in seiner Wohnung auf und ab, er rief ständig bei Sarah an.

Blass, unrasiert, unausgeschlafen und mit schwarzen Ringen unter den Augen kam er sonntags bei seiner Mutter an. „Junge, wie siehst denn du aus?" – „Mama, was hast du zu Sarah gesagt? Sie ist wie vom Erdboden verschluckt!" – „Aber mein Junge, ich habe gar nichts zu ihr gesagt, keine Sorge!" Sie sah ihn an: „Vielleicht liebt sie dich eben doch nicht so, wie du glaubst?" Er wies das sofort zurück, aber dennoch nagte es an ihm. Immer noch hoffte er, dass sie gleich zur Tür hereinkäme, mit ihrem herzlichen Lachen, und schnell aufklären würde, was passiert war.

Die Wohnung seiner Mutter war penibel aufgeräumt, alles blitzte und blinkte, was ihm in seiner Sorge kaum auffiel. Den Tränen nahe wollte er sich auf den Heimweg machen. Da er kaum Appetit und alles Essbare zurückgewiesen hatte, hatte ihm seine Mutter noch ein paar Stück Kuchen für daheim aufgedrängt. Er hatte nicht gewagt, dies abzulehnen.

Draußen ärgerte er sich. „Ich bin doch erwachsen, ich will den Kuchen nicht, Mohnstriezel habe ich noch nie gemocht!" Und so bog er um das kleine Häuschen auf den Kiesweg ein, zum Kompost. Im Mülltrennen war er sehr genau. „Typisch Beamter", hänselte ihn Sarah dann immer.

Als er den Deckel zum Kompost öffnete, schüttete er den Kuchen schwungvoll auf das von Sarah, was von ihr noch übrig war.

Trotz Torsten

Sie hatte es geschafft, jubel, jawohl, heute hatte sie ihr Zeugnis bekommen und das war sogar richtig gut. Jetzt war sie Karosseriebautechnikerin. Das war immer noch eher ein Männerberuf. Es waren dennoch auch ein paar Mädels in der Berufsschulklasse gewesen. Die Akzeptanz in der Ausbildungsstätte war sowohl bei den Chefs als auch den Kollegen und anderen Azubis tadellos.

Ihre Eltern waren von der Berufswahl erst nicht so begeistert gewesen, sie hatten eher gehofft, sie würde in Vaters Fußstapfen treten und in ein paar Jahren die Bäckerei übernehmen. Aber sie hatte schon als kleines Mädchen fast ausschließlich mit Autos gespielt. Lieber hielt sie sich in der Werkstatt ihres Cousins auf. Da roch es gut, da ließ sich perfekt spielen und er ließ sie gewähren. Torsten war ein klasse Verwandter, wie es sie nur selten gibt. Er war zwar eine Ecke älter als sie, aber das kommt bei Cousins und Cousinen vor. Als sie ihm zum ersten Mal erzählte, dass sie unbedingt etwas in der Autobranche lernen wollte, zog er nur die Augenbrauen hoch.

Als sie sich nach dem Schulabschluss bei verschiedenen großen Werkstätten bewarb, zog er wiederum nur die

Augenbrauen hoch. Dann bekam sie ihre Lehrstelle und von da an, gab es nur noch Mecker vom Cousin. „Das schaffst du kaum, Mädel, das ist doch ein Beruf für Jungs!" Oder: „Du warst zwar gut in Mathe in der Schule, aber sicher mehr wegen deiner hübschen braunen Augen als wegen deiner Denkfähigkeit." So ging das in einem fort. Deshalb hörte sie auf, über ihre Ausbildung zu reden, antwortete spärlich, wenn Torsten sich nach ihren Fortschritten erkundigte. „Na, bei der letzten Klassenarbeit durchgerasselt?" Sie seufzte, man sagte doch nicht mehr „Klassenarbeit", das waren auch in der Berufsschule Klausuren. Aber Torsten war eben noch aus einer anderen Welt. Sie kniff den Mund zusammen, „Ich hab 'ne Eins geschrieben."

„Aha, gepfuscht, was?" Es ging ihr langsam wirklich auf den Senkel. Meine Güte, wie konnte man nur so negativ sein! Dabei war doch bekannt, dass positives Denken so wichtig ist. Ihre Eltern hatten sie immer unterstützt: „Mach das, Kind, prima, du schaffst das bestimmt!" Und dann ist ihr Lieblingscousin so ein Miesmacher. Natürlich würde sie es schaffen, sie hatte sich geschworen: „Dem zeig ich's schon! Ich werde das locker schaffen, trotz Torsten und seiner Unkenrufe!" Und heute hatte sie den Beweis vor sich liegen.

Torsten wusste genau, wann Abschlussprüfung war, wann die Abschlussfeier usw. Er rief an: „Na, zum ersten Mal durch die Prüfung gesaust?"

„Nein, im Gegenteil, ich habe die Prüfung geschafft und das als eine der fünf Besten im Jahrgang!" Torsten kicherte leise am anderen Ende der Leitung, sie guckte befremdlich auf den Hörer.

„Freut mich für dich, ehrlich! Ich werde dann mal ein kleines Geschenk für dich besorgen."

Sie legte den Hörer auf. Na, wenigstens das. Wäre doch auch schade gewesen, wenn ihr Beruf immer zwischen ihnen gestanden hätte. Irgendwie war er ihr fast näher als ihre Eltern, bei ihm hatte sie sich stets ausweinen können.

„Komm doch heute Nachmittag zum Feiern zu uns, dann können wir alle zusammen bei Kaffee und Kuchen mal wieder als Familie zusammensitzen".

Torsten war kein ausgesprochener Familienmensch, eher ein Einzelgänger. Seine Frau war vor elf Jahren gestorben, die Ehe war kinderlos geblieben. Vielleicht hatte er sich deshalb seiner Cousine angenommen und sie in sein Herz geschlossen, als wäre sie seine eigene Tochter. Alles über sie hatte er gesammelt, jeden ihrer Schritte ins Leben verfolgt.

„Ach, meine Kleine, lieber nicht. Sicher kannst du auf das kleine Geschenk noch bis morgen warten, komm einfach nach der Geschäftszeit auf ein Tässchen Kakao vorbei." Als Kind hatte sie bei ihren Besuchen immer einen Riesenbecher Kakao und Schokoladenkekse von ihm bekommen. Zwar waren sie mittlerweile zu Kaffee oder Tee übergegangen, aber der Spruch „komm einfach auf ein Tässchen Kakao vorbei" war geblieben.

„Und bring dein Zeugnis mit, ich würde es gerne sehen."

Sie freute sich auf den Besuch, der stete kleine Ärger war vergessen. Torsten war einfach zu liebenswert. Sie war gespannt, was das Geschenk sein sollte, er hatte immer so ausgefallene Ideen. Zum fünften Geburtstag hatte er ihr eine Grotte, eine Höhle gebastelt. Darin befanden sich

Figuren aus gebogenem Draht, kleine Lämpchen, die mit Bonbonpapier umspannt waren und daher ein farbiges Licht abgaben, Kisten mit Schätzen und mehr. Er war großzügig und mit ein bisschen Glück, darauf hoffte sie, würde er ihr einen Werkzeugkoffer schenken. Es gab da einen, den wollte sie immer schon haben, und das wusste er.

Die Feier im Kreise der Familie war ganz nett, aber wie das bei solchen Gelegenheiten häufig ist: Fünf Minuten war sie der Mittelpunkt des Gesprächs und dann wurde Tratsch über entfernte Verwandte ausgetauscht, fast wie bei einer Beerdigung. Da war sie im Nachhinein froh, dass Torsten sich den Mist nicht anhörte.

Am nächsten Tag ging sie früh genug los, Torsten liebte Pünktlichkeit. Sie übrigens auch – vielleicht die Gene? Sie lächelte. Sie klopfte an die Tür der Werkstatt, denn das war ihr üblicher Treffplatz. Er umarmte sie, drückte sie an sich: „Meine Kleine, ich bin sooo stolz auf dich." Sie traten ein, am Tisch im kleinen Ruheraum standen zwei Tassen mit dampfenden Kaffee. Torsten hatte sich also wieder einmal auf ihre Pünktlichkeit verlassen.

„So, jetzt willst du sicher dein Geschenk sehen? Derweil schaue ich mir dein Zeugnis an." Sie holte ihr Zeugnis aus dem Rucksack und gab es ihm. Er holte ein flaches Paket, das unbeholfen, aber liebevoll in geblümtes Papier verpackt und mit einem lila Schleifchen verziert war, aus einer Schublade. Vorsichtig zog sie die Schleife auf, ordentlich entfernte sie das Papier.

Ihr fiel der Unterkiefer fast in die Kaffeetasse. Torsten hob den Kopf und lächelte verschmitzt. „Torsten, du bist verrückt! Das ist ja eine Übertragungsurkunde für die Werkstatt ab nächsten Sommer!"

„Na", brummelte er, „offenbar kannst du richtig lesen."

Sie fiel ihm um den Hals, mit so einem großzügigen Geschenk hatte sie nicht gerechnet. Wäre Torsten Hamburger gewesen, hätte er nun gesagt „Is' schon gut, meen Dern". So aber sagte er gar nichts und lächelte nur.

Sie sah sich die Urkunde genauer an, ihr Blick fiel auf das Ausstellungsdatum.

„Torsten! Ich glaube es nicht, die Urkunde wurde schon vor drei Jahren beim Notar unterzeichnet, da hatte ich meine Ausbildung gerade erst eine Woche angefangen!"

„Ach, ist das so?", er schlürfte seinen Kaffee, der immer noch zu heiß für ihn war, in kleinen Schlückchen.

So saßen sie und schmiedeten Pläne, sie kannte die Werkstatt schon und hatte einige Verbesserungsvorschläge. Torsten war offen für ihre Vorschläge, manches fand er gut, bei anderen Dingen hatte er Bedenken. Es war für beide sehr aufregend, die Zukunft nun zu gestalten.

Bis spät abends saßen sie zusammen, dann war es Zeit. „Ich muss jetzt wirklich gehen, nochmal ganz, ganz lieben Dank!" Sie drückte ihn nochmal und lief über die Straße, um die Bahn nicht zu versäumen.

Torsten räumte auf. Ihren Gesellenbrief würde er rahmen lassen und neben seinen Meisterbrief in die Werkstatt hängen. Bis zum Tag, dass sie ihren Meister machen würde, dann würden diese beiden Urkunden nebeneinander hängen. Dass sie das locker schaffen würde, war ihm klar. Genauso, wie ihm immer klar gewesen war, dass sie vom Kopf und Talent her genau den richtigen Weg eingeschlagen hatte. Nur ein bisschen faul war sie manchmal. Aber auch ein wenig manipulierbar. Jaja, das positive Denken wird häufig komplett überschätzt.

Über Uschi

„Wie hast du das denn erfahren, dass Jens Nicole verlassen hat?"

„Na, wie üblich halt, über Uschi."

[Lacht] „Also unsere Uschi ... was im Fernsehen *Unter uns* ist im Leben Über Uschi."

Beide lachten und gingen ihrer Wege. Uwe, der diesen kurzen Austausch gehört hat, würde diese Uschi gerne kennen lernen, sie scheint ihm überaus faszinierend. Aber als ihm das klar wurde und er nach ihrer Telefonnummer fragen wollte, waren die beiden Dialogpartner schon weg.

Vor Veronika

„Mein Name ist Veronica Haber, mit C in Veronica." Sie seufzte. Was konnte sie dafür, dass ihre Eltern früher gerne spanische Stierkämpfe gesehen und sich tief in das Thema eingefuchst hatten?

Veronica lebte seit dem zwölften Lebensjahr vegetarisch, weil sie das Töten von Tieren für keinen Zweck vertretbar fand. Mittlerweile war es nahezu „modern", Vegetarier zu sein, möglichst sogar noch vegan zu leben. Kein Käse, keine Butter, nichts. Wer's will. Veronica zuckte mit den Schultern, wenn sie das hörte. Das war nicht ihre Welt, das fand sie blind und nur einen Modetrend, während ihr Vegetarismus aus einer echten Überzeugung entstanden war, und nicht, weil ein paar Freundinnen es hip fanden, nur noch Sojazeugs zu essen. Ihre Eltern waren verständnisvoll. Ihre

Mutter hatte sich verschiedene vegetarische Kochbücher gekauft und kochte nun meist fleischlos. Sonntags gab's Braten, da war die Familie konventionell, Samstag bekam Herr Haber hin und wieder ein Mettwürstchen in die Suppe. Veronica fand das völlig in Ordnung, ihr Vater ohne Mettwürstchen in der Suppe wäre seltsam. Sie warf auch nie mit Sätzen um sich wie „Oh, nein, ich esse keine Leichen!" Albern fand sie das.

Da die meisten Leute eh nicht wussten, dass der Name Veronica ursprünglich vom Schweißtuch der Veronika kam und eine Verbindung zum Stierkampf hatte, trug sie es mit Fassung. Andererseits gab es ihr auch etwas Besonderes. Jede Frau konnte theoretisch Veronica heißen, aber wenn ihnen der Name gegeben wurde, war es eben meist die k-Variante.

Auch ihre beiden Brüder hatten leicht C-betonte Namen: Carlo und Frederic. Sie waren ein gutes Trio.

Ihre Gedanken kamen zum Jetzt zurück. Sie stand am Schalter und die Dame hinter dem Schalter notierte ihren Namen „Also Veronica, gut, das notiere ich mir. Sie werden nachher aufgerufen."

Diese Art Ferienjob auf der Messe war bei Studentinnen beliebt. Zwar ist es anstrengend, den ganzen Tag auf den Beinen zu sein, aber es war abwechslungsreich und man lernte eine Menge Leute kennen. Die Mädels hofften alle insgeheim, dort einen reichen Traumprinzen kennenzulernen, der sie aus all den anderen hübschen Frauen herauspickte und sie mit auf sein Schloss oder in seine reiche Villa nahm. Auch Veronica waren solche Gedanken nicht fremd. Sie hatte von ihrem persönlichen Traumprinzen auch ein ganz bestimmtes Bild: Groß war er, blond, dazu wunderbare blaue Augen und ein äußerst charmantes Lächeln. Sportlich, aber teuer gekleidet, großzügig, männlich ... ach ja, sie lächelte. Auch wenn sie wusste, dass das Leben so nicht spielt, konnte sie sich das gut ausmalen.

Diesmal war es eine Lebensmittelmesse. Und Veronica hoffte auf einen Job, deswegen war sie hier, aber möglichst nicht bei einem fleischverarbeitenden Betrieb. Das wäre echt doof. Und peinlich. Vierzehn junge Frauen wurden gesucht. Nach dem kurzen Interview erfuhren sie auch direkt, ob sie am nächsten Morgen anfangen könnten oder nicht. Nur vereinzelte Bewerberinnen wurden abgelehnt, es ging hier leger zu, genau wie mit den Namen. „Nachname interessiert erst, wenn das Geld ausgezahlt wird." Veronica hatte schon zweimal hier gejobbt – ohne Traumprinzenfund – und hoffte, dass ihre Erfahrung mit in die Waagschale käme.

Sie hatte mitgezählt, zwölf der vierzehn Jobs waren vergeben. Zwei junge Frauen außer ihr warteten noch. Puh, sie hätte etwas eher kommen sollen, aber der Bus war ihr vor der Nase weggefahren. Das kommt davon, wenn man zu eifrig lernt. Die jungen Frauen unterhielten sich, was sie machten, ob sie vorher bereits einmal auf einer Messe gejobbt hatten. So vertreibt man sich die Zeit. Die Tür ging auf „Sandra, bitte kommen sie mit". Jetzt waren sie noch zu zweit. Aufgerufen wurde heute offenbar zur Abwechslung alphabetisch nach dem Vornamen. Na, das war mal etwas Anderes, als immer mit dem Nachnamen aufgerufen zu werden. Bei H wie Haber war das in der Schule okay gewesen, genauso wie in der Fahrschule bei der Fahrprüfung.

Alles alphabetisch. Die ganzen Leute mit W und Z taten ihr immer leid, ständig mussten sie warten. Und die mit A und B, na, das ist auch nicht so toll, wenn man gleich drankommt. H ist leidlich auszuhalten. So war es also gar nicht schlimm mit dem verpassten Bus. Sandra kam durch die Tür, sie lächelte erfreut. „Das ist super, jetzt kann ich mir ein bisschen Luxus für die neue Wohnung leisten!" Veronica freute sich mit ihr, genauso wie die letzte geduldige Kandidatin. Der letzte Aufruf: „Veronika bitte!". Beide sprangen auf. Sie schauten sich verdutzt an: „Wie, du heißt auch Veronika?"

„Ja, mit c, und du?"

„Mit k".

„Na, also, Veronica kommt vor Veronika". Da mussten sie lachen. Veronika ließ Veronica den Vortritt.

Am nächsten Morgen war Veronica pünktlich um 7 Uhr an der Eingangshalle. Zwar öffnete die Messe erst um acht Uhr ihre Tore, aber die Hostessen mussten eine Stunde früher kommen, um ihre Uniform entgegenzunehmen, sich umzuziehen und in den jeweiligen Stand eingewiesen zu werden. Ihr Tag war anstrengend. Wie immer hatte sie einige Männer vorbeiziehen oder auch an ihrem Stand etwas fragen sehen, die durchaus der Vorstellung ihres Traummannes entsprachen. Aber keiner hatte an ihr Interesse gezeigt. Doof. So arbeite sie die ganzen Tage hart, besonders am Sonntag war es extrem anstrengend, da war die Messe für die alle Interessierten geöffnet, nicht nur für Fachpublikum. „Ich sollte lieber bei einer Sportmesse arbeiten, da gibt es sicher die total süßen Typen ...". Sie lachte leise, es war ja ein Spaß. Sie zog sich um, nur die

Schuhe gehörten ihr. Sie war froh, endlich diese hochhackigen Dinger loszuwerden und in ihre Sportschuhe zu schlüpfen, aber oh Schreck, in der Eile heute Morgen hatte sie wahrhaftig die Schuhe vergessen einzupacken, weil sie dachte, sie waren noch im Beutel. Doof, jetzt den ganzen Weg mit der Bahn nach Hause, wie sollten ihre Füße das aushalten? Sie stöckelte zum Ausgang und biss die Zähne zusammen. Vor der breiten Eingangstür blieb sie mit dem Absatz im Metallgitter hängen und fiel längs hin. Sie fluchte, die Hände waren aufgekratzt, weil sie sich damit abgefangen hatte. Jemand packte sie am Arm und fragte: „Kann ich Ihnen helfen?" Sie schaute hoch und dachte: „Was für wunderschöne blaue Augen!" Der Mann musste Anfang dreißig sein, war teuer gekleidet und durchtrainiert. Nicht nur das – er schien sich auch noch für sie zu interessieren. Sie hatte nie wirklich an den Traumprinzen geglaubt, es war immer mehr so ein Späßchen aus Kindertagen geblieben. Er lud sie auf einen Kaffee ein, er rief ein Taxi herbei. Er erzählte beiläufig, dass er im IT-Business ein gut gehendes Geschäft aufgebaut hatte. An der Isar ließ er das Taxi anhalten. Er half ihr aussteigen und hielt ihre Hand fest in seiner. Was für ein schöner warmer Griff, sie war dabei sich Hals über Kopf zu verlieben. Es würde ein wunderschöner Abend werden, sie war sich sicher.

Veronika überflog am nächsten Tag die Schlagzeilen der Tageszeitung. Das machte sie gerne bei einer Tasse Tee und einem Brötchen mit Ei. Das war morgens ihre Lieblingszeit, in der sie ungestört lesen konnte. Dafür ging sie eben sehr früh aus dem Haus und holte sich in der Bäckerei schräg gegenüber zwei warme Brötchen, jeden Tag außer sonntags.

Sie las vom Erfolg der Messe und bedauerte noch einmal, dass Veronica vor Veronika kommt. Sie hätte das Geld auch gut gebrauchen können, einen anderen Job hatte sie nicht bekommen. Plötzlich fiel ihr Blick auf das Foto einer jungen Frau, das Gesicht kannte sie! „Junge Frau aus der Isar gefischt, Opfer eines Gewaltverbrechens".

Wegen Walter

Sabrina hielt die Hand ihrer Urgroßmutter, die erschöpft auf den Kissen lag. Diese ganzen Behandlungen hatten ihre Spuren hinterlassen und jeder konnte sehen: Die alte Frau wollte nicht mehr, sie wollte gehen. Aber diesen letzten Schritt wollte sie nicht machen, ohne sich vor ihrer Urenkelin zu rechtfertigen.

„Ich habe doch nur das Beste für ihn gewollt und er hat so viel erreicht im Leben. Das war den Preis wert, egal was die anderen sagen. Ich bin die Tochter eines Dienstmädchens und eines einfachen Arbeiters gewesen, ich weiß, was arm sein heißt." Sie hielt inne.

Ihre Mutter hatte einen Beruf, den es schon lange nicht mehr gibt: Dienstmagd. Diese jungen Mädchen hatten dem Haushalt nicht nur ihre Arbeitskraft zur Verfügung zu stellen, sondern häufig auch den Dienstherren zu bespaßen. Und dann saßen die jungen Dinger da und konnten sehen, wie sie sich und das Kleine durchfüttern sollten. Margaretes Mutter hatte Glück, sie bekam eine weitere Stelle als Dienstmagd, trotz des Kindes. Aber für diese Großzügigkeit musste sie zahlen: mit ihrem Körper als Lustobjekt für den neuen Dienstherrn und als Mittel zum Abreagieren für die Dienstherrin, die nicht dafür zurückschreckte, einmal mit dem Leder zuzuschlagen. Als sie dann wieder schwanger war, waren die Dienstherrschaften beide recht entsetzt, so viel Unmoral in ihrem hochanständigen Haus! Und setzten sie fristlos vor die Tür.

Hier sah Fritz, der Margaretes Mutter immer schon begehrt hatte, seine Chance. Er heiratete sie vom Fleck weg und ließ nie einen Zweifel daran, wie dankbar sie ihm sein musste. Er machte ihr noch vier weitere Kinder und ansonsten das Leben schwer. Frauen in jenen Zeiten waren dankbar, wenn sie und ihre Kinder nicht verhungerten.

Margarete war das jüngste Mädchen, also eine leibliche Tochter von Fritz. Das jüngste Kind war ein Junge. Margarete war ein lustiges Kind, blitzend braune Augen, eher rundlich als schlank und voller Energie. Dadurch hatte sie schon früh viele Verehrer, die sie aber alle abblitzen ließ. Bis Willi kam. Willi war Maurerlehrling, als sie sich beim Dorffest zum ersten Mal begegneten. Er war ein stiller, aber humorvoller Mensch mit einer guten Portion Intelligenz. Und er hatte sich Hals über Kopf in Margarete verguckt, als sie sich beim ersten Tanz etwas näherkamen. Er war einen Kopf größer als sie, hatte hellblaue Augen, eine stattliche Figur. Er gefiel ihr, und was ihr noch mehr gefiel, war die intuitive Erkenntnis, dass er ihr keinen Widerstand auf ihrem Weg entgegensetzen würde.

Die kleine Margarete war in der Frau, die auf dem Sterbebett lag, kaum wiederzuerkennen. Ihre braunen Pupillen hatten den fahlen Rand der sterbenden Greise. Ihr Gebiss, das sie in letzter Zeit nur selten getragen und jetzt noch einmal nur unter Aufbringen ihrer ganzen Willenskraft hatte einsetzen können, war ihr zu groß geworden. Sie atmete schwer. Sabrina strich ihr über die Stirn, „Omi, du musst jetzt ruhen, nicht weitererzählen!"

Margarete ließ die Zähne im Mund, bis sie sprechen konnte, was aber eher einem Flüstern gleichkam: „Doch, Sabrina, meine Kleine, ich muss es jemanden erzählen."

Lebenslustig wie Margarete und Willi waren, dauerte es nicht lange, bis Margarete schwanger wurde. Sie wusste genau, was sie wollte: einen Jungen. Mädchen haben es im Leben zu schwer, sie werden ausgenutzt, missbraucht, nein, das wollte sie nicht. Sie selbst hatte bis kurz vor der Geburt an den schweren Webstühlen gearbeitet, die ersten Maschinen, an denen Akkordarbeiterinnen tätig waren. Und Margarete, immer ambitioniert und ehrgeizig, war eine der besten Arbeiterinnen in der Fabrik.

Die Geburt war schwer, es waren schier unerträgliche Schmerzen, aber Margarete stand es alles durch. Der Arzt legte ihr freudestrahlend das Kind in den Arm: „Ein wunderschönes Mädchen haben sie da, liebe Frau Schmidthausen. Ich gratuliere!".

Margarete verzog keine Miene, sie lächelte mit dem Mund, aber nicht mit dem Herzen. „Danke, Herr Doktor!". Es tat ihr etwas weh, zu sehen, wie Willi sich voller Vaterfreude über seine kleine Tochter beugte und sie vorsichtig auf dem Bauch kitzelte. Sie wusste doch, dass sie keine Tochter wollte.

Drei Wochen später – plötzlicher Kindstod. Willi war völlig außer sich, Margarete still und gefasst. „Wir sind noch jung, Willi!"

Ein halbes Jahr später war sie wieder schwanger. Sie aß und aß und aß, weil sie gelesen hatte, dass kräftige Nahrung die Chance erhöht, einen Jungen zu bekommen. Nach einer extrem schwierigen Geburt, bei der sie fast verblutet wäre, hatte sie ihren kleinen Jungen im Arm. Noch Jahre später erzählte sie stolz, dass er lange Zeit das schwerste Baby war, das in diesem Krankenhaus je zur Welt kam. Nie im Leben war sie glücklicher gewesen. Sie streichelte ihn, ließ ihn am liebsten gar nicht aus den Augen und versprach ihm, dass er ein besseres Leben haben sollte als seine Eltern. Sobald sie konnte, kehrte sie an den Webstuhl zurück. Den kleinen Walter, wie sie ihn genannt hatten, gab sie ihrer Mutter in Obhut. Nach dem Tod des herrischen Vaters hatte sie die Mutter aufgenommen. Alle Welt dachte, das sei eine gute Tat gewesen, aber Margarete hatte alles geplant.

Ihr Kind sollte zur Schule gehen und niemand sollte auf ihren Jungen herabsehen. Dafür arbeitete sie sich in der Fabrik den Rücken wund, brach einen Akkord nach dem anderen. Der kleine Walter lag derweil in den Armen seiner Großmutter und wurde mit Liedern und Liebe versorgt.

Der kleine Walter war ein helles Kerlchen. Maßlos verwöhnt, heute hätte er vermutlich schon mit sechs Jahren das neueste iPhone zu Weihnachten bekommen. Er hatte eine riesige Spielzeugeisenbahn, mit der später noch seine Enkel spielen sollten, damals ein Geschenk, das sich eher die Reichen und Überreichen für ihre Kinder gönnten. Margarete wusste, dass sie kein weiteres Kind mehr wollte, Walter sollte es an nichts fehlen, er sollte nicht teilen müssen, wie sie es zu Hause getan hatten. Nie hatte das Essen für alle gereicht, weil es auf so viele Münder zu verteilen galt. Willi bekam sein Zeugnis als Maurergeselle, Margarete war stolz auf ihn. Sie war aber auch ehrgeizig und so musste Willi aufsteigen. Er wurde Polier, was für einen jungen Mann aus seinen Kreisen wahrhaftig ein Karrieresprung war. Margaretes Mutter gab ihre kleine Rente ab, Margarete war weiter fleißig und konnte mit Geld umgehen. Keine Frage, dass der kleine Walter aufs Gymnasium gehen sollte, aber nicht mit bloßen Füßen und in löchrigen Klamotten!

Sie wurde noch dreimal schwanger. Zwar hatte Willi so seine Schwierigkeiten – wie sich nach seinem Tod herausstellte, litt er an einer Phimose –, aber es war ihr Druckmittel, wenn sie etwas wollte oder auch nicht wollte. Ein echter Mann wollte er sein, mehr Kinder haben? Er kriege ihn noch nicht mal hoch! Ja, sie hatte ihren Willi in der Hand. Die Kollegen nannten ihn untereinander „Willi, der Pantoffelheld".

Zwei der drei Schwangerschaften waren Fehlgeburten. „Musst du denn auch immer so riesige Körbe mit nasser Wäsche tragen!", klagte ihre alte Mutter und wackelte mit dem Kopf. Margarete guckte grimmig, „Wer trägt sie sonst?" Natürlich hätte sie die Last auf zwei Gänge verteilen können ... bei der dritten Schwangerschaft waren wohl die Körbe nicht schwer genug, das Kind kam gesund zur Welt.

„Warum muss ich immer so kerngesunde Kinder bekommen, können sie verdammt nicht mal im Kindbett sterben?" Der zweite kleine Sohn, Jakob sollte er getauft werden, starb kurz nach der Rückkehr aus dem Krankenhaus im Bettchen. Scheins hatte er es mit seinen kräftigen Ärmchen zwar geschafft, sich das Kissen übers Gesicht zu ziehen, aber um sich wieder zu befreien, hatte es nicht gereicht. An diesem Tag schreckte Willi nach der Frühstückspause zusammen und rief seinem Freund zu: „Ich muss nach Hause ... mein Jakob, mein Jakob, ich habe Sorge!" Die Kollegen sahen hinter ihm her und schüttelten den Kopf. Willi war doch sonst nicht hysterisch.

Willi stürmte in die Wohnung, aber da war es schon zu spät. Margarete stand apathisch vor der kleinen Wiege, ein paar Tränen liefen ihr übers Gesicht. Willi sah sie an, Margarete sah Willi an und beide wussten Bescheid.

Margarete drückte Sabrinas Hand noch fester, hob ihren Kopf mit Mühe aus den Kissen und wollte Worte formen. Sabrina kam mit dem Ohr näher an ihren Mund, weil sie merkte, dass ihre Oma es loswerden musste.

„Ich habe es tun müssen, wegen Walter, weißt du ... und er hat es geschafft, er wurde Ingenieur, so ein richtig Studierter."

Sabrina streichelte die Hand ihrer Oma. Waren das schon Fieberträume?

„Vergib mir", hauchte Margarete, „Willi, vergib mir!" Sie macht eine Pause vor Schwäche. Margarete dachte an Willi, der vor drei Jahren von ihr gegangen war. Sie dachte daran, wie sie sich selbst ein Haus gebaut hatten. Sie hatte immer ein eigenes Haus für sich gewollt, wie die Reichen es haben. Dafür hatte sie selbst Körbe schwer beladen mit Steinen den Berg hochgeschleppt, denn das meiste mussten sie selbst leisten. Im Keller hatten sie Räume, die sie an einzelne Herren untervermieteten, sonst hätten die Finanzen nicht gereicht. Das Haus war ihres und Willis Stolz. Alles eines Tages für Walter. Wegen Walter hatten sie sich wenig gegönnt, alles gespart, damit es ihm an nichts fehlte. Walter hatte das Studium mit Bestnoten abgeschlossen, einen guten Job bekommen, eine Frau gefunden. Okay, die Frau war nicht nach Margaretes Geschmack, so eine verzärtelt-kränkelnde Beamtentochter, aber was soll's? Und zwei Kinder. Und dann war er in der Brauerei, in der er als Maschinenbauingenieur arbeitete, unglücklich gestürzt und war mit dem Kopf vor einen Kessel geprallt. Seinen Sicherheitshelm, den er sonst immer trug, hatte er in Eile im Büro liegenlassen. Da war Walter nicht einmal dreißig.

„Lieselotte, verzeih mir. Bruno, verzeih mir, und ach, Fritz, verzeih auch du mir." Der Wind raschelte in den Bäumen. Die alte Frau hatte selbst nur noch die Kraft einer Brise. Kaum vernehmlich bat sie noch einmal um Verzeihung „Jakob, verzeih mir, dass ich dich deinem Vater, der so stolz auf dich war, wegnehmen musste, dass du kalt und nur in einem kleinen Hemdchen unter die Erde musstest. Es war, das musst du verstehen, wegen Walter." Sie atmete schwerer, sie keuchte, sie stöhnte, Margarete hauchte noch zweimal „wegen ... Walter".

Außer Sabrina war kein Verwandter anwesend. Margarete galt als verlogen, bösartig und herrisch. Sabrina sah auf die alte Dame herab. Vielleicht war sie dies alles ... und alles wegen Walter, dem Großvater, den Sabrina nie kennengelernt hatte.

X-seitig Xaver

Es war ein herrlicher Tag, sie hatte viel erledigt und jetzt kam der kleine Höhepunkt des Tages: ein Stück Donauwelle mit einer großen Tasse Cappuccino. Sie hatte sich das Café am Ortsausgang von außen angeschaut, ja, das war okay. Große Glasfenster, Möglichkeiten so zu sitzen, dass man niemandem im Rücken hat und gleichzeitig die Tür im

Auge, die den Sicherheitsvorschriften entsprechend nach außen öffnet. Ihre persönliche Art Feng-Shui, sie lächelte. Sie schaute in das Schaufenster der Metzgerei, an dem sie gerade vorbeiging und das sie spiegelte: Sie hatte ihre gute Figur gehalten. Es war keine harte Arbeit, aber ein bisschen aufpassen gehörte schon dazu. Sie war zwar nicht mehr die Jüngste, aber gut in Schuss. Leberstücke, gebratene Hähnchenschenkel und Gehacktes in der Auslage mischten sich in ihr Bild. Mit den kurzen blond gefärbten Haaren sah sie noch jünger aus als die zehn Jahre, die sie vorher immer jünger geschätzt wurde, weil niemand ihr wahres Alter glaubte. Johnny hatte ihre langen Haare geliebt, aber das Thema hatte sich deutlich erledigt.

Sie betrat das Café. Die Ladentheke zog sich durch die Breitseite des Cafés. Eine junge Frau, weißes T-Shirt, lange rote Schürze war emsig damit beschäftigt, die belegten Brötchen zu sortieren. Sie schaute hoch und fragte:

„Wie kann ich Ihnen helfen?"

„Ein Stück Donauwelle und einen großen Cappuccino". Die junge Frau stellte den Kuchen auf ein Tablett und ließ den Cappuccino aus der Kaffeemaschine in die Tassel laufen.

„Mit Kakaopulver?"

Elke war vom Service angetan. „Ja, bitte!"

Sie bekam sogar noch ein Plätzchen, Heidesand, neben die Kaffeetasse gelegt. Sie nahm ihr Tablett und ging zu dem von ihr auserkorenen Sitzplatz. Das Café war fast leer. Rechts von ihr ein älteres Paar, links von ihr, direkt vor dem Fenster, eine ältere Frau, weißblasser Teint, pechschwarz gefärbte Haare, weinrote Jacke, die die Hand vor den Mund hielt und zum Fenster herausschaute. Elke spähte durch das Fenster, keine verdächtige Gestalt. Sie zog ihre karierte Wolljacke aus und legte sie auf den Stuhl gegenüber.

Sie begann die Donauwelle zu zerlegen. Frau Schmittgens hatte sie einmal gefragt, warum sie den Kuchen immer so in Einzelteile zerlegte. Elke hatte ihr eine wunderbare Geschichte dazu erzählt, Trauma in der Jugend und so. Elke dachte gern an Frau Schmittgens, die eine intelligente Gesprächspartnerin gewesen war und ihr vor allem so ziemlich alle Geschichten geglaubt hatte. Ordentlich lag die Schokoschicht neben dem Pudding und dem Teig. Auch die Kirschen hatte sie sorgfältig aus der Kuchenmasse getrennt, dafür hatte sie sich extra ein Messer mitgenommen. Sie ließ die Gabel über dem Teller kreisen, während sie überlegte, welches Stück sie zuerst aufspießen sollte. Essen war ein solch sinnliches Vergnügen, und ab und an ein Stück Kuchen konnte sie sich wirklich leisten.

Was ihr anfangs nicht aufgefallen war, fing auf einer ganz tiefen Ebene an, sich bemerkbar zu machen: Die Schwarzhaarschlampe telefonierte mit dem Handy. Elke verabscheute Menschen, die beim Essen telefonieren, vor allem an öffentlichen Orten wie Restaurants oder Cafés. Sie hatte schon während ihrer Zeit mit Manfred gelegentlich kleine Szenen veranstaltet, weil sie das nicht ertragen konnte. Jetzt aber musste sie vorsichtig sein, weil sie morgen den Flieger nach Brasilien nehmen wollte. Die Zeit im Institut hatte sie gut genutzt und eifrig Spanisch gelernt, was dem Portugiesischen auffallend ähnlich sein soll. Okay, Portugiesisch wäre besser gewesen, aber zu auffällig. Da gab es zwei Konten, von denen keiner etwas wusste, und ein kleines Häuschen am Strand. Elke sah sich schon, im gutsitzenden Bikini auf einem Laken am Strand, wie die Männer sie anblickten ... wie sich ihr ein gut aussehender junger Einheimischer näherte ... Sie ließ einen Teelöffel Creme auf der Zunge zergehen, aber ihre wunderbaren Bilder wurden wieder gestört.

„Also Silke hat gesagt, dass ich dich morgen abholen soll, Mäuschen. Und die Omamama kommt ja auch zu Weihnachten ...“

Elke krümmte sich innerlich. Es ging weiter und weiter mit diesen Belanglosigkeiten. Mechanisch aß sie den Kuchen, auf den sie sich so gefreut hatte. Sie rührte lustlos – und das wollte bei Elke etwas heißen! – in ihrem Kaffee. Die Rotjacken-Schlampe tat gerade so, als sei sie allein auf der Welt. Nicht nur, dass ihre Stimme einen Tacken zu laut war, sie durchdrang den Raum auch so penetrant. Elke konnte sich nicht davon freimachen und sich auf die zerlegte Donauwelle konzentrieren.

„Also Mäuschen, dann sage ich mal tschüss ...“

Elke atmete auf, die Tortur würde jetzt ihr Ende nehmen. Sie hob die Gabel voller Hoffnung.

„Ach, Mäuschen, von Michael soll ich dich auch noch grüßen.“

Noch fünf Minuten. Noch ein Mäuschen-Abschied.

„Ja, die treffe ich gleich. Ich habe sie zur Konfi gebracht und bin jetzt in diesem neuen Café und warte auf sie.“

Elke überlegte, ob das Gegenüber am Telefon überhaupt noch wach sein konnte, denn die Frau ließ keine Pause. Elke dachte an das schöne, scharfe Klappmesser in ihrer Tasche. Mit welcher Freude würde sie es dieser Frau in den

Rachen stoßen, was viel befriedigender wäre, als ihr nur die Kehle durchzuschneiden. Aber sie musste sich beherrschen, zu viel stand auf dem Spiel. Also machte sie ihre beste Ablenkungsübung, sie überlegte sich Präpositionen zu Namen mit passenden Sätzen: „An Arnold sind schon viele gescheitert. Bei Boris geht das Licht aus." C war immer etwas schwierig, aber mit „contra" bekam sie etwas hin. Bei X hatte sie immer noch keine richtige Lösung und dachte wieder, wie so oft an dieser Stelle, „X-seitig Xaver scheint die Sonne". So ein Unsinn, das war ihr selbst klar.

Wenn sie sich nicht beherrschte, würde sie wieder in dem Institut landen, was ohne Frau Schmittgens langweilig wäre. Falls sie nicht überhaupt woandershin käme, und da wäre es sicherlich nicht so warm und freundlich wie in Brasilien.

Elke hegte fast keine Hoffnung mehr auf ungestörten Kuchengenuss und hatte schon überlegt, den Kuchen zu drei Viertel unverzehrt auf dem Teller zu lassen, als die Schwarzhaar-Rotjacken-Schlampe endlich das Telefon zur Seite legte. Sie drehte sich vom Fenster weg zum Tisch, auf dem eine Zeitung lag. Bevor sie diese auseinanderfalten und sich darin vertiefen konnte, war ihr Gesicht voll sichtbar.

Elke war entsetzt, wieso dürfen sich Menschen mit so einem Gesicht frei bewegen? Das schulterlange, spröde tiefschwarze Haar umrandete ein fahles Blubbergesicht. Kleine Schweinsäuglein in wabbeligen Hefeteig eingelassen und ein roter Schlund von Mund, der noch durch einen blutroten Lippenstift überzeichnet war.

„Bestimmt hat sie gelbe Pferdezähne", dachte Elke, während sie beobachtete, wie die Frau ihre Zeitung anhob – natürlich ein billiges Boulevard-Blättchen – und schräg am Tisch sitzend zu lesen begann. Elke nahm die Gabel und wollte sich nicht weiter ablenken lassen, aber sie war so aufgewühlt, dass die nächsten beiden Bissen auch nicht genussvoll ihre Kehle passierten. Die Tür zum Café öffnete sich, in dieser ruhigen Stunde eher die Ausnahme. Ein pausbäckiges Mädchen in einer schwarz-neongrünen Jacke rollte in das Café. Elke fand, dass eine solche Figur nur rollen kann. Sie wollte sie gar nicht beobachten, ihr ästhetisches Empfinden war an diesem Tag schon überbeansprucht und gequält worden. Aber wie konnte es anders sein? Das bleiche blonde Mädchen setzte sich der Schlampe gegenüber. Nach einer kurzen Begrüßung formte das rote Loch im weißen Teig weitere Satzungetüme, Silke, Michael, Omamama, Weihnachten, eine schier endlose Folge von Wörtern und Sätzen. Der plumpen Kuh gelang ab und an ein Einwurf.

Elke war mehr als gestresst, mechanisch stopfte sie den Kuchen in sich hinein. Sie dachte: „Wenn ich das Wort ‚Mäuschen' noch einmal höre, stopfe ich der Kuh meinen Restkuchen in die Fresse." Elkes Vornehmheit war schwankend. Sie bemühte sich, an Brasilien zu denken, „Brasilien – Strand – erotische Männer – warme Sonne", wie ein Mantra sprach sie das leise flüsternd vor sich hin. Die Kuchengabel stak in einer blutroten Kirsche, umgeben von kalter dunkelbrauner Schokolade.

„Wie erstarrtes altes Blut". Elke fand solche Vergleiche sehr bildhaft, Frau Schmittgens war gelegentlich bei solchen Äußerungen leicht zusammengezuckt. Nicht sichtbar, aber der Kranz um die Pupillen hatte sich dann zusammengezogen, nein, nein, sie hatte sich im Griff. Amüsant. Eigentlich schade ...

Elke saß auf ihrem Stuhl, völlig verkrampft und rang um Fassung. Nein, diesen Kuchen konnte sie nicht aufessen, den Kaffee nicht zu Ende trinken. Sie wollte gerade ihre Jacke anziehen, sie hatte schon Tasse und Teller ordentlich auf dem Tablett angerichtet, als die Tür wieder aufging. Herein walzte eine Frau mittleren Alters. Ihre lockig-strähnigen blond gefärbten Haare wellten sich um ein Wabbelgesicht, die ganze Figur wabbelte, und das in einem schwarzgrundigen Kleid mit blauem Blumenmuster. Zielbewusst ging sie auf den Tisch der Schlampe zu, die ihr zurief „Silke!"

Elke stürzte aus dem Café, die Jacke nur über den Arm geworfen, das Tablett hatte sie nicht in den Geschirrturm geräumt. Es war ihr besonderer Stolz, dass sie in Selbstbedienungscafés den netten Angestellten keine zusätzliche Arbeit hinterließ, also gehörte das Tablett mit Tellern und Besteck in den Geschirrturm geschoben, alles andere war asozial! Außerdem gab es ihr einen kleinen Lusthöhepunkt, wenn sie das Tablett rasch und tief in den Turm stieß.

Sie stand an der Tür, mit dem Rücken zur Wand und atmete schwer. Sie griff in die Handtasche zu dem kühlen Messer, das sie beruhigte und gelegentlich auch sehr aufregte, im positiven Sinn. „Die drei würde ich locker schaffen ... schade nur um das Mädel hinter der Theke, die war sympathisch. Ihre toten Augen müssten nicht über eine Blutlache thronen." Bei dem Wort Blutlache überkam sie ein ganz besonderes Gefühl, eine Verlockung, die sie sehr gut kannte. Sie war hin- und hergerissen zwischen ihren Emotionen, dem Ausleben ihrer Gelüste und der Vernunft, diesem Ganzen hier zu entkommen und ein neues Leben in einem Kontinent zu starten, der ihr so viel Lust verhieß.

„Ich habe so viel über Herz und Verstand, Bauchgefühl" (bei dem Wort Bauchgefühl umklammerte sie das kühle Messer mit starker Hand) gelesen. Und sie erinnerte sich: „Zumindest in der Coach-Szene scheinen alle zu wollen, dass ich meiner Intuition folge, meinem Bauchgefühl." Elke horchte tief, tief in sich hinein.

Y-seitig Yvonne

Mimi erklärte es Sebastian zum dritten Mal, sie versuchte es so anschaulich wie möglich. „Stell dir einfach vor, eine Person steht in der Mitte, sagen wir mal, sie heißt Yvonne. Dann ist y-seitig Yvonne die y-Achse."

Sebastian schaute aufmerksam auf die Struktur, die Mimi auf ein Blatt gezeichnet hatte. Oh ja, er war immer aufmerksam, jedoch lauschte er weniger dem Inhalt. Er ließ Mimis Stimme auf sich einwirken. Sie hatte eine wunderbare Stimme, sanft und plätschernd wie der kleine Fluss im Naturpark, in dem er letztes Jahr mit seinen Eltern und seiner Schwester den Urlaub verbracht hatte. Er mochte Stimmen hören und sie sagten ihm viel, weil er mit seinen Ohren dahinter sehen konnte, aber das war ihm nicht bewusst. Tante Elke zum Beispiel, alle fanden sie sympathisch, aber ihre Freundlichkeit war vorn auf der Stimme. Ganz hinten in den Sphären war Härte, waren Gefühle, denen er lieber nicht nachging, und viel, viel Dunkelheit. Ihre Geschenke für ihn waren großzügig und sorgsam ausgesucht, und hätte sie sie ihm stumm überreicht, so hätte er Freude daran gehabt. So aber sprachen die Geschenke mit Elkes Stimme zu ihm und das war das Grauen, besonders nachts.

Mimis Stimme war genau das Gegenteil, ihrem Klang lauschend konnte er alles Üble des Tages von sich streifen. Wie zum Beispiel die Äußerungen seiner Mutter, die nicht nur gern ununterbrochen schimpfte, sondern das auch noch in einer Stimmlage, die ihm weh tat. Sein Vater schimpfte auch viel und schrie herum, aber seine Stimme hatte eine Weichheit hinter der Härte.

Es gab niemanden, mit dem er sich über Stimmen unterhalten konnte. Meist bekam er seltsame Blicke zugeworfen, wenn er versuchte, sich darüber auszutauschen. Er überlegte, ob Mimi mit ihrer wunderschönen Stimme anders wäre. Er schaute sie an, hörte ihr zu und dachte sich, dass es nichts Schöneres geben könne, als mit ihr den Rest seines Lebens zu verbringen. Was für einen Fünfzehnjährigen doch eine recht beachtliche Vorstellung ist.

Mimi war nicht nur das schönste Mädchen, das er kannte, sondern auch das klügste. Da war es wie ein Wunder für ihn, als sie ihm vor einem Vierteljahr angeboten hatte, ihm in Mathe zu helfen. Sie erklärte ihm, dass sie ihn für sehr klug halte, man müsse ihm die Sache nur richtig erklären. Dabei guckte sie auf den Boden, er wusste nicht wieso. Sicher hatte sie recht. Sonst hielten ihn alle für ziemlich dumm.

Sie verzweifelte nie, wenn er lauschte, statt zuzuhören. Sie legte manchmal ihre Hand auf seine, rüttelte ihn sanft: „Sebastian, hast du gehört, was ich gesagt habe?" Gerne hätte er geantwortet „Jedes Wort, jeden Klang", aber das würde nicht erklären, warum er nichts wusste von dem, was sie erklärt hatte. Also begannen sie von vorn und er strengte sich an, dem zu folgen, was sie an Inhalten vermitteln wollte. Es war gar nicht schwer und manchmal verstand er es sofort, gab es aber nicht preis, weil er es gerne hatte, wenn sie ihm das Problem mehrmals erklärte, mit wechselnd schönen Stimmen und leicht anderen Worten.

Mimis Stimme war noch schöner als die der Geographielehrerin aus der siebten Klasse. Frau Klarowitz hieß sie, aber wenn er an sie dachte, fiel ihm nur ihr Vorname ein: Anna. Eine sanfte Stimme, jedoch mit einem leicht traurigen Timbre. Das Wort Timbre hatte er aus einem Kreuzworträtsel und war stolz darauf, es aktiv zu verwenden. Manchmal war ihre Traurigkeit so bedrückend, dass er ihre Stimme abschalten musste, es war sonst nicht zu ertragen. Extrem bedrückend war es an dem Tag, als die Direktorin zusammen mit Anna in die Klasse kam und sagte: Anstatt Anna Klarowitz wird euch in den nächsten Wochen Gerhard Müllerjahn in Geographie unterrichten, Frau Klarowitz muss eine Weile ins Krankenhaus. Anna sagte ihnen noch „Lebewohl", und das tat ihm richtig, richtig weh, nicht nur wegen des Abschieds.

Eine solche Bedrückung gab es in Mimis Stimme nicht. Es kam vor, anders ist es nicht vorstellbar, dass Mimi sauer, traurig oder ärgerlich (wenn auch nicht mit ihm) war, aber die Schönheit ihrer Stimme litt nicht darunter, sie hatte dann einen anderen Klang. Wenn sich in Mimis Klangbild Trauer äußerte, war Sebastian auch traurig, aber es bedrückte ihn nicht.

Sebastian hatte darüber nachgedacht, wie er den Nachhilfeunterricht beibehalten könne. Würde er zu gut, würde sie denken, er brauchte sie nicht mehr. Würde er nicht besser, so würde sie verzweifeln und aufgeben. Also jonglierte er es so hin, dass er kleine Fortschritte zeigte, die Klassenarbeiten fielen besser aus, aber nicht zu gut. Von einem Ende des Unterrichts sprach niemand.

Seine Mutter hatte Sorge, dass Mimi etwas verlangen würde, und jammerte, dass sie es nicht bezahlen könnten. Sebastian überlegte, ob Mimi etwas haben wollte? Aber sie hatte nie danach gefragt. Also sagte er seiner Mutter einfach, dass Mimi Bezahlung abgelehnt habe. Seine Mutter war zwar nicht vollends zufrieden („umsonst gibt es nichts auf dieser Welt!", einer ihrer Lieblingssprüche), aber ließ es erst einmal dabei bewenden.

Mimi hatte sich direkt in Sebastian verguckt, als sie neu in die Klasse kam und ihn das erste Mal sah. Diese wunderbaren schönen braunen Augen, wie Schokolade, flüssige warme Schokolade, sie verstrahlten Wärme und Güte. Er war der bestaussehende Junge, den sie kannte. Aber sie wusste, dass sie keine Chance bei ihm haben würde. Ein so gutaussehender Typ würde sich gerade in sie, in Mimi, vergucken, haha. Alle Mädchen fanden ihn toll, allerdings tuschelten sie auch, dass er ein bisschen beschränkt wäre. Und dann kicherten sie. Eines der Mädchen, die körperlich schon weitentwickelt, aber auch ziemlich ordinär war, und von der alle wussten, dass sie bereits, nun, man weiß ja, was schon getan hatte, und das nicht nur mit einem einzigen Jungen, sagte lachend: „He he, dumm fickt gut!" Mimi war entsetzt, wie konnte man Sebastian für dumm halten? Er war einer der Klügsten, nicht nur der Hübscheste, den sie kannte, er hatte nur eine andere Art als die meisten Menschen, seine Klugheit zu benutzen. Und dann diese ordinäre Wortwahl für einen Jungen mit diesen Augen, unfassbar. Die anderen Mädchen grölten, aber Mimi verließ schnell die Turnhalle, sie wollte nichts mehr hören. Aber diese Hässlichkeit saß und so aß sie in der Pause eine halbe Tafel Schokolade plus dem Pausenbrot und dem dicken Stück Kuchen, das ihre Mutter ihr eingepackt hatte. Es war wie verhext, so machte sie sich natürlich alle Chancen bei Sebastian kaputt. So ein sportlicher Typ wollte sicher nicht so eine Kugel wie sie zur Freundin, gar keine Frage!

Nun gut, Mimi war nicht gertenschlank, aber wie Mädchen in diesem Alter – und auch noch viele Jahre später – so sind, war ihr Selbstbild deutlich schlechter als ihre wirkliche Erscheinung. Ja, sie war ein bisschen pummelig, aber es passte zu ihr. Sie war gut proportioniert, sie hatte eine Haut, wie die Heldinnen in Märchen sie haben, schöne Augen, und mancher Junge hätte gern was mit ihr angefangen, aber sie war zu verschüchtert, um diese Versuche als solche wahrzunehmen.

Sebastian war sehr klug, das hatte sie bald gemerkt, aber auch ein Träumer. Und das macht es gelegentlich schwierig in der Schule, gute Noten zu bekommen. Und da sah sie ihre Chance, wenn er schon nicht mit ihr gehen wollte, könnte sie zumindest ein paar Stunden mit ihm zusammen sein, wenn er ihr Angebot annähme. Deshalb hatte sie ihn vor drei Monaten gefragt, ob sie ihm denn in Mathe helfen könne? Sie war ein As in Mathe, keine Frage, und erklären konnte sie auch gut.

Angefangen hatten sie mit zweimal fünfundvierzig Minuten in der Woche. Aber Sebastian sagte, er brauche einfach mehr Zeit, um alles zu verstehen, und Mimi ging nur zu gern darauf ein. Mittlerweile trafen sie sich jeden Tag, wobei sie häufig im Wald zum kleinen Fluss spazieren gingen, sie waren beide davon überzeugt, dass es sich dort besser lernen lässt.

„Sebastian, du bist irgendwie komisch heute, was ist los?"

Sebastian war erstaunt, er hatte sich doch völlig zusammengerissen. „Wie hast du das gemerkt?"

Mimi lächelte, „Ein bisschen kenne ich dich doch jetzt!". Er nickte.

„Wir ziehen um, mein Vater hat einen neuen Job. Es geht nach München, schon in drei Wochen."

Mimi erstarrte, die Tränen schossen ihr in die Augen. Sie brachte kein Wort heraus. Sebastian drehte den Kopf zur Seite, er wollte nicht, dass sie sah, wie traurig er war. Leise sagte Mimi: „München ist für Nachhilfe zu weit, da bin ich sechs Stunden mit dem Zug unterwegs ..." und Sebastian ergänzte: „Schau mal, selbst wenn wir uns in der Mitte treffen, fahren wie beide drei Stunden, drei hin, drei zurück." –

„Macht sechs insgesamt", ergänzte Mimi.

Sebastian hatte schon hin- und herüberlegt, wie er hierbleiben könne. Ein Internat vielleicht? Aber da würde seine Mutter sofort rumjammern, zu teuer. Und sie würde ihn vermissen. Er wusste, dass er sie wiederum nicht vermissen würde.

Mimi schaute Sebastian aus den Augenwinkeln an und sah mit größter Überraschung, dass ihm die Tränen in den

Augen standen. Sie wusste nicht, wo sie den Mut hernahm, da sie normalerweise noch schüchterner war als Sebastian. Sie nahm seine Hand und flüsterte:

„Wir könnten nach Australien auswandern zusammen, und ich könnte dir morgens und nachmittags Nachhilfe geben." Er sah sie an, so ganz direkt, was er selten tat, und flüsterte zurück:

„Dann würde ich sicher der weltbeste Mathematikschüler."

Darüber mussten sie beide furchtbar lachen, obwohl es doch im Grunde gar nicht lustig ist. Es war selbstverständlich, dass sie Hand in Hand den Fluss entlang zum Ausgang des Waldes gingen. Es war selbstverständlich, dass sie sich beim Abschied umarmten und Sebastian Mimi ins Ohr flüsterte: „Ich google heute Abend mal nach Möglichkeiten, preiswert dorthin zu kommen. Und morgen planen wir alles Weitere."

Wenige Tage später waren beide wie vom Erdboden verschluckt. Suchanzeigen, Nachfragen an Häfen und Busstationen blieben ohne Antwort. Es ist heute praktisch unmöglich für zwei Fünfzehnjährige, spurlos zu verschwinden, erst recht ins Ausland, ins ferne Ausland zu gelangen, ohne dass sie eine Spur hinterlassen. Mimis Mutter behauptete steif und fest, dass „dieser unheimliche Junge" ihrer Tochter etwas angetan haben müsse.

Der Wald, der auch eine bemerkenswert schöne Stimme hat und an einigen Punkten lichtlos sich ins Dunkle hüllt, wollte oder konnte keine Auskunft geben.

Zu Zacharias

Zoe mochte Zacharias. Er war alt, sehr, sehr alt, fand sie, und lebte allein in einem kleinen Häuschen am Stadtrand. „Das Häuschen ist nicht breiter als ein Handtuch", hatte sie ihren Eltern berichtet. Das war vielleicht übertrieben, aber sie hatte diese Floskel irgendwo aufgeschnappt. Zwei Badetücher müsste man schon aneinanderlegen. Das Haus hatte drei Etagen, und jede Etage entsprach einem Zimmer. Jetzt, wo das Gehen für ihn schwierig war und die Treppen Schwerstarbeit bedeuteten, hatte er sich entschlossen, nicht mehr im obersten Zimmer zu schlafen. Er hatte sich im Wohnzimmer ein Lager auf dem Sofa bereitet. Die Toilette war nur wenige Schritte entfernt, eine Küche brauchte er schon lange nicht mehr. Neben dem Wohnzimmertisch stand so ein riesiges altes Telefon, damit rief er beim nächstgelegenen Lebensmittelladen an, der ihn netterweise belieferte. Auf der mittleren Etage befanden sich eine große Wohnküche und ein Badezimmer. Auch diese Räume benutzte er nicht mehr, alles war so anstrengend. Er hoffte, dass Zoe bald vorbeikäme, er spürte es immer, wenn einer ihrer Besuche bevorstand. Fast schon wie ein zweites Gesicht, er kicherte. Da schellte es.

„Hab ich's mir doch gedacht, dass sie heute kommt!"

Als er noch im Garten arbeitete, hatten Zoe und er sich kennen gelernt. Es war an einem warmen Sommerabend, er jätete Unkraut, um sich hatte er eine riesige grüne Schürze gebunden. Ab und an richtete er sich auf, fasste mit der Hand von hinten an den Rücken und stöhnte leise, während er sich streckte. Dann beugte er sich wieder herunter, um die Brennnesseln und den Giersch zu zupfen, die sich

145

immer ausgerechnet seinen Garten aussuchten, um es sich gemütlich zu machen. Im Grunde mochte er auch diese beiden Pflanzen, aber so ein kleines Haus braucht doch einen ordentlichen kleinen Garten, war seine Überzeugung.

Als er sich wieder einmal aufrichtete, sah er ein kleines Mädchen am Gartenzaun stehen. Sie hatte dunkle, gelockte Haare, seegrüne Augen und einen Daumen im Mund. Unter den anderen Arm hatte sie einen Stofflöwen geklemmt. Sie sah Zacharias aufmerksam an, aber als er sie bemerkte, war ihr das etwas peinlich. Sie überspielte diesen Augenblick, so wie sie das üblicherweise tat, mit besonderer Keckheit.

„Hallo, ich bin Zoe, und wer bist du?"

„Ich heiße Zacharias."

Beide betrachteten sich stumm und versuchten herauszufinden, ob ihr Gegenüber ein würdiger Gesprächspartner wäre.

„Magst du Kakao, Zoe?"

Zoe machte große Augen, „Ja, sehr, sehr gerne, am liebsten mit Schokokeksen." Sie wusste schon, dass dies ein bisschen frech war, aber der alte Mann sah so freundlich aus, nicht wie jemand, der gleich einen Vortrag darüber hält, wie man sich als junges Mädchen benehmen muss.

Der alte Zacharias schüttelte den Kopf: „Tut mir leid, kleine Zoe, aber Schokokekse habe ich nicht. Nur Kakao."

„Ich bin überhaupt nicht klein, ich bin die Drittgrößte in meiner Klasse!", entrüstete sie sich. Zacharias entschuldigte sich förmlich und machte dabei einen tiefen Diener: „Es tut mir leid, Fräulein Zoe, ich hatte das nicht böse gemeint!"

Zoe musste lachen, sowas gibt's doch nur im Fernsehen: „Froilein". Zacharias schlurfte ins Haus, Zoe stand einige

Minuten am Gartenzaun. Gerade als sie dachte, dass jetzt nichts mehr passiert und sie nach Hause gehen wollte, kam Zacharias mit zwei dampfenden Bechern durch die Terrassentür. Er machte sich jeden Mittag einen Kakao: ein Esslöffel Trinkschokolade, noch etwas Zucker extra und darauf goss er Milch. Das Gebräu stellte er in die Mikrowelle und ließ es kochen. Jetzt hatte er die doppelte Menge abgemessen, er hatte sich etwas vertan, im Topf war noch Milch übrig, die reicht aber nicht für eine dritte Portion.

„Das muss ich mir merken, die kann ich morgen mitverbrauchen."

Sie setzten sich auf zwei Gartenstühle, tranken ihren Kakao in vorsichtigen Schlucken. Zoe sah sich neugierig um. „Wohnst du hier ganz allein?" Zacharias nickte. „Ich wohne mit meiner Mama und meiner kleinen Schwester da drüben". Mit diesen Worten machte sie eine vage Handbewegung in Richtung Gartentor.

Sie unterhielten sich eine halbe Stunde, wobei die muntere Zoe den Großteil des Gesprächs führte. Zacharias amüsierte sich. Nach einer halben Stunde aber war es ihm genug, er wollte unbedingt das eine Beet noch fertigbekommen, bevor die Sonne unterging. Zoe bedankte sich artig für den Kakao „Der war total lecker, fast noch besser als der von meiner Mama!" Sie ging zum Gartentor und sie winkten einander zu. Dann lief sie die Straße herunter, drehte sich immer wieder um und winkte, bis sie aus dem Sichtfeld verschwunden war. Zacharias stand da und lächelte. Dann nahm er die beiden Kakaobecher, brachte sie in den ersten Stock und wusch sie schnell in der Küche aus. Die erkaltete Restmilch füllte er in einen der Becher, den er dann in den Kühlschrank stellte. Er kehrte in den Garten zurück und fuhr mit seiner Arbeit fort, bis die Sonne unterging.

Zoe kam anfangs ein- bis zweimal in der Woche vorbei. Zacharias erfuhr mehr von ihr: Sie ging in die zweite Klasse, ihre Schwester war noch ganz klein und ihre Mutter arbeitete halbe Tage in einer Wäscherei und verkaufte in ihrer Freizeit Kosmetikprodukte. Sie unterhielten sich angeregt, sie fragte Zacharias über alles und jenes aus und merkte sich genau, was er ihr erzählte: Dass er jetzt in Rente war, dass seine Frau vor sieben Jahren gestorben war und dass er keine Kinder hatte. Wie sie das Haus geplant hatten, wie sie zusammen verreist waren. Dabei tranken Zoe und Zacharias Kakao im Garten. Zoe wollte gerne ins Haus, aber Zacharias war das nicht recht. Nicht, ohne dass er ihre Mutter einmal gesprochen hatte.

Eines Tages kam Zoe mit einer erwachsenen Frau am Zaun vorbei: „Halloooooo, Zacharias! Wir gehen gerade spazieren" Zacharias stand am Fenster, sah die beiden und ging hinaus: „Guten Tag zusammen".

Die Frau, die neben Zoe ging, musste die Mutter sein, die Ähnlichkeit war vorhanden. Sie wechselten ein paar Worte, dann gingen beide davon. Zacharias hatte die Vermutung, dass diese Frau einmal sehen wollte, wohin denn ihre Zoe verschwand. Das fand er vernünftig.

Nach den Schularbeiten stand Zoe häufig auf und rief „Mama, ich bin weg!" „Wohin gehst du?" „Zu Zachariaaaaas!", und damit war der kleine Wirbelwind schon weg.

Die Besuche hielt Zoe über die Jahre bei. Zoe wurde erwachsener, Zacharias wurde älter. Sie half ihm manchmal mit der Gartenarbeit, aber eines Tages machte er gar nichts mehr im Garten. „Es ist schön, wenn alles so wächst, wie es möchte. Schau nur die vielen Falter, Zoe!"

Zoe stand an der Mikrowelle, die mittlerweile einen Platz im Wohnzimmer hatte, und bereitete für sie beide eine Trinkschokolade zu. Eine kleine Tradition, die sie beibehalten hatten. Sie hatte Zacharias immer alles erzählt, was sie bewegte, er war ihr lebendiges Tagebuch. Daher wusste er auch, dass sie ihr Abitur gemacht hatte. Als sie das nächste Mal zu Besuch kam, stand er mühsam auf, ging zum Schrank, zog eine Schublade heraus, in der er leise murmelnd etwas suchte. Dann hatte er es wohl gefunden, kam zurück und drückte es Zoe in die Hand: „Herzlichen Glückwunsch, liebe Zoe!"

Zoe schaute auf ihre Hand, in der ein kleines Kästchen war. Sie öffnete es und blickte auf ein kurzes Halskettchen mit einer Halbedelsteinkugel. „Ist noch von meiner Frau, aber was soll's in der Schublade?"

Zoe war gerührt und fiel Zacharias um den Hals. Sie saßen und tranken ihren Kakao und sie erzählte ihm, dass sie nun in eine andere Stadt ziehen würde, um zu studieren. Drei Stunden Zugfahrt eine Strecke, für ein Auto war kein Geld da. Er nickte, er verstand. Sie hatte eine Schachtel Schokokekse mitgebracht, von der sie beide einen Keks aßen. Den Rest ließ sie für ihn zurück.

Traurig war er später, als Zoe gegangen war. Leichten und frohen Schrittes wie immer.

Wenn Zoe während des Studiums heimkam, dauerte es nicht lange, bis sie rief „Mutti, ich gehe gerade zu Zacharias und schaue, wie's ihm geht!" Sie machte dann meist auch ein paar Besorgungen für ihn und sah bedrückt, dass es ihm von Monat zu Monat schlechter ging. Dabei blieb er fröhlich, auch wenn er sich kaum noch vom Sessel zum Schlafsofa bewegen konnte. Jeder Gang war mühsam. Auch die Medizin konnte ihm nicht helfen.

„Ich bin einfach zu alt!", kicherte er dann.

Zoe ging ein halbes Jahr ins Ausland, sie hatte ein Stipendium bekommen. Sie hatte Zacharias natürlich davon erzählt und er war so stolz auf sie, das konnte man sehen. Sie schickte ihm Ansichtskarten, auch wenn er nicht mehr so gut lesen konnte, selbst mit der starken Brille nicht.

Nach der Examensfeier, einige wenige Monate später, kam sie wieder nach Hause. Ihre Mutter, mittlerweile auch schon ergraut, umarmte sie freudig. „Jetzt will ich aber zu Zacharias", rief Zoe, zog sich ihren Mantel über, griff zu einem Schirm und stürmte hinaus. Es war ein kalter Novembertag, den ganzen Tag schon goss es wie aus Eimern, ein kalter Wind pfiff um die Häuser.

Wie es wohl ihrem alten Freund gehen würde? Hätte man ihr Bescheid gegeben, wenn sie ihn in ein Heim gebracht hätten? Sie stand vor dem Haus und klingelte. Auf ihr Betreiben hin hatte er sich eine Fernbedienung für die Tür angeschafft. Niemand öffnete. Der Garten war verwildert wie immer. Zoe beschlich ein ungutes Gefühl, war er vielleicht eines Tages eingeschlafen und nicht wieder aufgewacht?

Sie ging um das kleine Haus herum, da gab es eine Hintertür, die selten verschlossen war, Zacharias vergaß es meist. Sie öffnete die Tür und blickte direkt in die verschreckten Augen eines hohläugigen hageren Mannes, in der einen Hand hielt er eine Plastiktüte, in der anderen eine Eisenstange. Ihr blieben nur noch wenige Sekunden, um den zerschmetterten Schädel von Zacharias über den Wohnzimmertisch gebeugt zu sehen, als es sie auch traf.

„Scheiße, Alter, wo kommst du denn her?" Der Mann im grünen Parka beugte sich über Zoe und suchte nach Wertsachen. Zwanzig Euro und sonst nichts? Er grunzte. Da entdeckte er das Kettchen, er riss es Zoe vom Hals, was eine Schnittwunde an ihrem warmen toten Hals hinterließ. Er stopfte das blutige Diebesgut zu den anderen Dingen, die er bei Zacharias hatte mitgehen lassen, ein paar Schmuckstücke, wenig Geld.

„Kein sehr ergiebiger Tag, und der ganze Dreck, furchtbar." Es war dunkel und nass, es würde ihn niemand sehen und Spuren hatte er hoffentlich keine hinterlassen. Viel hatte er nicht erbeutet. Aber was erwartet man auch von so einem alten Sack. Es würde für eine warme Mahlzeit und einen Schuss reichen. Fröhlich pfeifend spazierte er eine halbe Stunde später die Einkaufsstraße entlang. Es regnete nicht mehr und der Tag war gar nicht so übel gewesen, hatte er doch wahrhaftig in dem einen Beutel noch zweihundert Euro entdeckt. Es hatte sich also doch gelohnt!

Meine Bücher bisher

Belletristik

- Eine Hand greift die andere. Norderstedt (BoD) 2022.
- Iphorismische Short Stories. Norderstedt (BoD) 2022.
- Iphorismen. Norderstedt (BoD) 2021.
- OneBBO's Castle lädt ein. Schau uns über die Schulter. Norderstedt (BoD) 2007.

Ernährung

- Am besten vegetarisch mit der Thermo-Küchenmaschine. Potsdam (Dort-Hagenhausen) 2016.
- Hartz IV in aller Munde. Norderstedt (BoD) 2013.
- Indisch inspiriert. München (Dort-Hagenhausen) 2013.
- Jetzt wird gesnackt! Norderstedt (BoD) 2013.
- Immer öfter vegetarisch. München (Dort-Hagenhausen) 2012.
- Rohkost statt Fasten Teil 2. Rezepte für ein Rohkostjahr. Norderstedt (BoD) 2011.
- Mein Kollege kocht Vollwert. Norderstedt (BoD) 2010.
- Schokolade. Norderstedt (BoD) 2010.
- Gemüse in aller Munde. Norderstedt (BoD) 2009.
- Hartz IV in aller Munde. Norderstedt (BoD) 2009.
- Schrot statt Schrott. Norderstedt (BoD) 2008.
- Vollwert? Gold wert! Norderstedt (BoD) 2008.
- Brötchen statt Brot. Norderstedt (BoD) 2007.
- Konfekt statt Sünde. Norderstedt (BoD) 2007.
- Rohkost statt Fasten. Norderstedt (BoD) 2007.